U0055538

milan kundera

米蘭·昆德拉

邱瑞鑾—譯

可笑的愛

Směšné Lásky

※ CONTENTS ※

搭便車遊戲

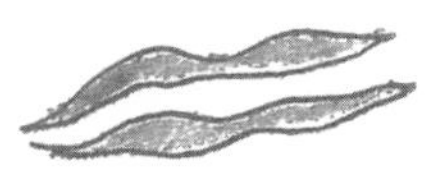

1

油量表的指針突然擺盪到零，開車的年輕人說，真是有毛病，這輛敞篷車好耗油。「希望不要像上次一樣，又把汽油用光了而故障。」坐在駕駛座旁的年輕女孩說（她大約二十歲左右）。她還提醒他，他們已經在好幾個地方發生過這種事了。年輕人回答，他不擔心這種事，因為只要和她在一起，無論發生什麼事，對他都像是一場冒險，非常有吸引力。

年輕女孩不同意他的說法，她說：每次在野外用光汽油的時候，她覺得都只是她一個人在冒險，因為他老是躲起來，而她就得利用、得濫用她的女性魅力：招來一部車子，搭人家的車到最近的加油站，然後再攔下另外一輛車，提著油桶回來。

因為她形容這件事的樣子，好像是一件苦差事，所以年輕人就問她，是不是讓她搭便車的司機很討人厭。年輕女孩回答（她故意用一種賣弄風騷的方式回答，可是顯得很笨拙），有時候那些人非常地親切，可是她又不能趁機沾到什麼好處，她得提著那麼重的油桶，而且很快的就得各走各的，根本沒時間去勾搭人家。

「變態。」他說。

她反駁說，如果要說誰變態，變態一定是他。他一個人開車出去的時候，天曉得有多少女人在路上把他攔下來！

他一邊開車，一邊搭她的肩把她環抱過來，在額頭上親了一下。他知道她愛他，她這是在吃醋。會吃醋雖然不是一種怎麼討人喜歡的個性，但是如果不濫吃醋（如果能表現得很節制），那就是天底下最教人心動的事，雖然它還是有點麻煩。至少這位年輕人是這樣想。因為他只有二十八歲，以為自己已經夠老了，對於女人，男人所有能了解的一切，他都懂。而對於坐在他旁邊的這個年輕女孩，他最喜歡她的一點就是：純潔。到目前為止，他很少在其他女孩子身上發現這個特點。

當年輕人發現馬路右邊的路標寫著前面五百公尺有加油站的時候，油量表的指針已經指向零。女孩子還沒來得及表示鬆了一口氣，年輕人就打左轉燈，把車子開到加油站裡的一處空地上。一輛大型的油罐車停在加油機前面，插著粗粗的橡皮管把油加進加油機裡。

「我們來得不巧。」說著他就下車去。

「你們還要很久嗎？」他大聲地喊著，問加油工人。

「再一分鐘就好了。」

「再一分鐘，說都是這樣說。」他想要回到車上坐，可是他看見女孩從另一邊的車門下車。

「我下車一下。」她說。

「妳要去哪裡？」他故意這麼問，想要讓她覺得不好意思。他們已經認識一年了，可是她還是會在他面前臉紅，他好喜歡看她害羞臉紅的模樣；第一個原因是，他以前認識的女人都不會像她這樣；第二個原因是，他了解自己之所以珍惜他女朋友會臉紅的這個特質，是因為「世事無常」這個自然律的關係。

2

年輕女孩非常不喜歡求他停車，求他把車子靠在樹林邊停下來——他常常一開就是連續幾個小時。他每次都會假裝很吃驚地問她為什麼，而每次都會讓她很生氣。

她自己知道，她的羞怯很沒有道理，而且很落伍。上班的時候，她發現別人時常會拿這個來取笑她，會因為她羞怯隱忍的態度而故意來招惹她。她常常都是臉紅了以後，才想到剛剛自己臉又紅了。她非常希望能放鬆自己的身體，讓自己自在一點，不必擔心，也不用憂慮，就像她周遭大部分的年輕女孩一樣，知道該怎麼表現自己。

她以前甚至特別為自己發明了一套自我說服的方法：不斷地告訴自己，每個人在出生的時候，都會從無數個現成的身體中分配到一個身體，就像在一棟很大的建築物裡，我們每個人都會從無數個相似的房間裡分配到一個房間；所以身體是個碰巧選到的東西，是不具個人性的；只不過是借來的現成品。她就是以各種方式不斷地這樣說服自己，可是她一直沒辦法這樣子感受。這種身體、心靈分離的二元論，對她來說很陌生。她一向分不清身心這兩面，她的身體沒辦法讓她的心不焦慮。

她這種焦慮甚至會在這位年輕人面前表現出來；她認識他已經一年了，而且和他在一起很快樂，這可能是因為他從來不會去區分她的身體和她的心靈，所以她能夠身心合一的和他相處。她的幸福源自於身心和諧，不必活在身心分離的二元論裡，可是幸福和懷疑之間的距離並不長，女孩子心裡就充滿了懷疑。

例如，她常常對自己說，還有許許多多的女人比她更迷人（這些女人不會焦慮），而且她這位年輕男友也認識這一類的女人，他曾經不諱言的表示，總有一天他會為了這其中某一個女人而離開她。（真的，這個年輕人宣稱，他這輩子認識這一類的女人夠多的了；可是，年輕女孩知道，他遠比他自己所以為的還要年輕。）

她要他完全屬於她，也要自己完全屬於他，可是她越努力要把一切都給他，就越覺得自己拒絕給他膚淺而輕佻的愛，拒絕和他調情。她怪自己不知道怎麼把深沉嚴肅的一面和輕佻的一面結合起來。

不過，這天她不煩心這個問題，而且一點也沒有想到這些。她覺得心情很好。這是他們假期的第一天（十五天的假，這一整年來她的慾望都集中在這個焦點上），天空是藍的（這一整年來她心裡一直很擔心到時候天空會不會是藍的），而且他和她在一起。

他問的那一句：「妳要去哪裡？」讓她臉又紅了，跑著離開車子，一句話也不回答。她繞著加油站的邊邊走；加油站位於公路旁的曠野上，在幾公尺開外（在他們待會兒車子要走的那個方向），有一座森林開始延伸開來。她恣意沉浸在幸福的感受中，朝著森林的方向走去，不一會兒就隱沒在樹叢後面。（雖然所愛的人陪在身邊，會讓人覺得幸福，但是必須要在孤獨的時刻，才能感受到飽滿的幸福感。）

然後，她從森林裡走出來，回到了公路上；從她所在的那個位置，看得見加油站；那輛大型的油罐車已經開走了。年輕人那輛敞篷車開到了加油機旁邊的紅柱子那裡。她沿著公路走；時而回頭看看他把車子開過來了沒有。

她終於看見他開車來了，她停下腳步，向他招招手，就好像搭便車的陌生女人向一輛陌生的車子招手。車子速度慢了下來，正好停在女孩子旁邊。年輕人搖下車窗，從窗口探出頭來，笑著問她：「小姐，您要去哪裡？」

「您要到畢斯翠沙去嗎？」輪到她臉上帶著微笑，嬌嬌俏俏地問他。

「是的，請上車吧。」他打開車門。

她上了車，車子繼續往前行駛。

3

年輕人很喜歡看到她好心情；這種情況並不是常常有：她的工作壓力沉重（辦公室的環境很差，常常要加班，又不補假），而且她家裡還有個媽媽在生病；所以她總是很疲倦。她並不是特別的堅韌，而且又缺乏自信，容易害怕，也很容易焦慮不安。所以他像個大哥哥一樣對她百般體貼關懷，很高興看到她心情

milan kundera

愉快。他對著她微笑，說：「我今天運氣真好。這五年來我在路上開車，從來沒有這麼漂亮的女孩來搭我的便車。」

年輕人每一句讚美的話她都很樂意聽；她還想多保留一會兒這股讓她心頭溫熱的暖意，便說：「您很會撒謊。」

「我看起來像會撒謊的人嗎？」

「您看起來好像很會哄女孩子。」她說。她自己沒有意識到她這幾句話裡隱約透露出她一向就有的焦慮，因為她真的相信她的年輕男友很喜歡哄女孩子。

通常，他女朋友一吃起醋來，都會讓他很生氣，可是這個時候，他卻沒怎麼注意到她有這層心理，因為她這句話不是對他說的，而是對一位陌生的司機說的。所以，他很安然地問了她一個很普通的問題：「這會讓您不舒服嗎？」

「如果我是您的女朋友，我就會不舒服。」她回答。這句話對年輕的男孩子來說頗有警惕作用；可是，她後面又接了一句話，這句話是對陌生的司機說的：「但是因為我不認識您，所以不會讓我不舒服。」

「女孩子總是比較容易原諒陌生人，而不太容易原諒自己的男朋友。」（現在，這句話對年輕女孩來說就頗有警惕作用。）「所以我們兩個人能夠相處得很好，因為我們是陌生人。」

她假裝沒聽懂他這句話裡暗示的訊息，並且決定從這時候開始她說話的對象就是陌生的司機。「既然再過一會兒我們就要各自走各自的，相處得好不好又有什麼關係呢？」

「怎麼說？」他問。

「您知道我待會兒要在畢斯翠沙下車。」

「如果我和您一起下車呢？」

女孩聽到這句話，便抬起眼睛看著年輕人，發現她在最嫉妒的時候所想像的他，正是他現在這個樣子；她很驚慌，很害怕他對她——對一個搭便車的陌生女人——這種調情的樣子，而且這讓他顯得更有魅力。因此，她很不遜地挑釁，回應他一句：

「我倒是很想知道『您』能對我怎樣？」

「我根本不必花腦筋去想，要對一個漂亮的女孩子怎麼樣。」他獻殷勤地說，但這句話比較像是對他自己的女朋友說，而不是對一個搭便車的陌生女人說。

他這幾句奉承的話，讓女孩子覺得好像逮到了現行犯一樣，就好像是她使了一點小手段誘使他招供；她霎時感覺到一股強烈的恨意，她說：「您別把自己心裡想的當真了！」

他凝視著她：年輕女孩那一副固執的樣子把她的臉都扭曲了；他心底油然對她有一種憐惜，很想找回她原來那種熟悉的眼神（他自己都說那是一種單純、孩子氣的眼神）；他的身體靠向她，摟著她的肩膀，輕聲喚著她的名字，想停止剛剛那個遊戲。

可是她掙脫了，而且她說：「您未免進行得太快了吧！」

「對不起，小姐。」他被拒絕了，只好這麼說。然後他就盯著前面的馬路，一句話也不說。

4

年輕女孩這種醋意一來就讓她自己無法消受，但是來得快，去得也快。好在她還滿理智的，知道這不過是一場遊戲；她甚至覺得自己有點無理取鬧，因為沒來由的嫉妒，推開了她的男朋友；她不想讓他知道她為什麼會這樣。幸好，她具有一種奇妙的能力，能在事後用另外一種方式來解釋她為什麼會那麼做，而且她自己決定了她不是因為生氣才把他推開，而是因為想繼續把遊戲玩下去，在假期第一天很適合玩這種輕佻的遊戲。

所以，她又成了搭便車的陌生女人，她剛剛推開那個太急躁的司機，是想要教他進攻的速度放慢一點，在過程中加一點調味料。她慢慢的轉向他，語調溫存的說：「先生，我不想冒犯您。」

「對不起，我不會再碰您一下了。」他說。

他氣她沒有弄懂他的意思，而且在他想要她的時候不願意恢復她自己；既然她還要繼續戴著面具，他就把怒氣發在她扮演的這個搭便車的陌生女人身上。在這個時候，他很微妙地體會到他該扮演的角色：他放棄原先那種討女人歡心的態度，用迂迴的方式取悅他的女朋友，轉而扮演一個惡漢的角色，對待女人就特意突顯男性氣概粗暴的那一面：獨斷獨行、憤世嫉俗、自信過人。

這個角色和年輕人在這女孩面前溫柔體貼的表現完全相反。在認識她以前，他對女孩子的確沒這麼溫情，可是就算在那時候，他也不是一個惡漢，不是一個窮兇惡極的人，因為他並沒有表現出什麼特別的決斷力，也不是個肆無忌憚的人。可是，雖然他不是這種人，以前他卻也曾經渴望自己能成為這種人。當然，這是一種很天真的慾望，可是它就是存在：這種童稚的慾望會逃過一切成人心智的網羅，有時候它會在年老的時候再冒出來。於是，這種童稚的慾望就趁著他化身為這個角色的機會表露出來。

年輕人刻意用嘲諷的態度讓他們之間保持距離，這正好是女孩想要的：這讓她能夠擺脫自己的束縛。因為她的問題，就是嫉妒。只要她的男朋友停止炫耀他誘惑女孩子的才能，露出他堅毅的臉孔，她的醋意就平息了。這時候她已經能忘記自我，一心沉浸在她的角色裡。

她的角色？她的角色是什麼？一個仿自三流文學的角色。她攔下車子，不是為了要去這裡或是那裡，而是為了勾引坐在駕駛座前的男人；搭便車的陌生女人只不過是個懂得利用自己魅力的卑劣誘惑者。女孩就悄悄的潛入小說中這個無聊的角色裡，她很訝異這一點也不難，而且這讓自己很著迷。

他們就這樣並肩坐在一起：一個是司機，一個是搭便車的陌生女人；兩個陌生人。

5

年輕人最遺憾的是，在他的人生裡找不到「凡事不在乎」。他生命的道路都已經很精確地被規劃好了，無可逃避：工作不僅耗掉了他每天八小時的時間，還滲進了一天剩餘的時間，得去一些無聊的聚會，得在家裡做研究。而且，因為有無數個同事會把眼睛放在你身上，所以它也滲進了你私人生活一些零碎的時間裡，再沒有什麼可以遮掩得住，時而還會成為別人蜚短流長的題材，成為公眾討論的話題。

甚至兩個禮拜的假期也沒有為他帶來解脫、帶來開拓新奇經驗的感覺；整個假期也籠罩在「凡事都有準確計畫」的陰影下。因為在假期的時候，住宿的地方不足，所以六個月以前他就在塔塔斯訂好了房間，為了訂這個房間，他需要他服務單位「職工委員會」的推薦；他工作的單位就像是一個無所不在的靈魂體，時時刻刻尾隨在後，掌握了他的一言一行。

所有這一切他最後還是都接受了，可是有時候他還是會想到這幅可怕的畫面：他走在一條路上，每個人的眼睛都追蹤著他，他永遠也逃不開這條路。就在這個時候，這個畫面又浮現，而且，不知道為什麼好像突然短路了一樣，這條想像的道路和他行駛中的真實道路混淆了起來；這種在剎那間合而為一的奇怪念頭，促使他突然做出一件荒唐事。

「您剛才說您要去哪裡？」

「去畢斯翠沙。」

「您去那裡有什麼事嗎？」

「我跟人家約好了。」

「跟誰約了？」

「和一位先生。」

敞篷車這時候正好開到了寬敞的十字路口。年輕人放慢車速，好看清楚標示牌，然後把車子往右轉。

「要是您沒去赴約會怎樣？」

「那就會是您的錯，您應該要照料我，幫我這個忙的。」

「您沒有注意到我把車子轉向諾維・扎莫基的方向嗎？」

「真的嗎？您瘋了！」

「別怕！我會照料您的。」他說。

這場遊戲開始有了不同的性質。車子不只是遠離了想像中的目的地——畢斯翠沙，而且也遠離了他們從早上就朝著這個方向去的真正目的地——塔塔斯，以及他們訂好的一間房間。「遊戲的存有」侵吞了「真實的存有」。年輕人遠離了他自己，同時也遠離了那條嚴酷無情的道路，到目前為止這還是他第一次岔開路走出去。

「可是您不是說您要到塔塔斯去。」她非常訝異。

「我想去哪兒就去哪兒，小姐。我是個很自由的人，我做我想做的事，做我自己高興的事。」

6

他們抵達諾維・扎莫基的時候，天色已經暗了。這地方年輕人從沒來過，他得花點時間摸清楚方向。他把車子停下來好幾次，問路人哪裡有旅館。這地方有很多路都是坑坑巴巴的，他們花了十幾分鐘的時間才終於到達一家「就在附近」的旅館（他們問每個路人都是這麼說的），途中不知道拐了多少個彎，繞了多少路。旅館看起來一點也不怎麼樣，但這是這小城唯一的一家，而且年輕人已經懶得再開車。「您在這裡等我。」說著他就下車去。

一下車，他就恢復原來的自己。來到這麼一個完全沒預料到的地方，他突然惱火起來；是沒有人強迫他這麼做，可是也不是他自己真的想要這樣。他氣自己幹嘛做這種愚蠢的事，接下來，他安撫自己不安的情緒：塔塔斯的房間可

milan kundera

以明天晚上再去住，而在假期第一天，以這個意外狀況來慶祝這第一個晚上有什麼不好？

他走進燻黑、擁擠、吵雜的飯廳，詢問旅館接待的櫃台在哪裡，有人告訴他就在大廳後面，靠近樓梯口的地方。在那裡，有一個金髮的老婦人端坐在一塊掛滿鑰匙的板子前面；他好不容易才拿到最後一間空房間的鑰匙。

女孩一個人待在車上，也不再扮演她那個角色。可是，改變原來的旅遊計畫，並沒有讓她不高興。她對男朋友很忠心，絲毫不懷疑他所做的事情，而且把自己生命的每一時刻都交託給他，非常信任他。但是，不一會兒，她又想像著，他在旅行途中可能也遇見一些年輕女孩，她們也曾經像她現在一樣在這輛車子裡等他。

奇怪的是，這個想法並沒有讓她覺得難受；她反而笑了。因為她覺得這個想法很妙，這一次，她自己就是陌生女人；這個陌生女人不必負什麼責任，而且不太正經，是她所嫉妒的那種女人。她覺得自己已經把她們連根剪除了，她已經有辦法把她們的武器搶過來；她終於能給他這些東西了：輕佻、凡事不在乎、不害臊，這些是她以前不知道該怎麼給的。

只有她一個人能成為所有的女人，也只有她一個人可以用這種方式獨攬她心上人的注意力，完全吸引住他——這種想法讓她有一種奇異的滿足感。

年輕人打開了她座位這邊的車門，帶她走進餐廳。在喧鬧、骯髒、燻煙之中，他在角落找到唯一一張沒人坐的桌子。

7

「現在我倒要看看您怎麼照料我。」女孩用一種挑釁的語氣說。

「您要喝杯開胃酒嗎？」

她的酒量很淺，但會喝一點葡萄酒，尤其喜歡波多酒。可是這時候，她故意說：「一杯伏特加。」

「很好。」他說：「我希望您別喝醉了。」

「要是喝醉了呢？」她說。

他不搭腔，招手叫來了服務生，點了兩杯伏特加，和兩份牛排。過了一會兒，服務生端了兩杯酒來，分別放在他們面前。

他舉起杯子，說：「敬您！」

「敬酒您不會講一些更特別的話嗎？」

milan kundera

在女孩子的這個遊戲裡，有某種東西開始激怒他。現在，他們面對面坐著，他了解到，如果說他覺得她好像變成了另外一個人，那不只是因為她的「言語」不一樣了，而是因為她「整個人」都變形了，包括她的行為舉止，包括她所模仿的，都像極了他熟悉（甚至太過熟悉）的那一類女人，而他對這一類女人有點反感。

於是，他調整了一下敬酒詞（他還是一直懸著手拿著杯子）。「好，那麼我不敬您，而要敬像您這一類的人，這一類結合了動物的優點以及人類的缺點的人。」

「您說我這一類的人，指的是所有的女人嗎？」她問。

「不是，我只是指像您這一類的女人。」

「不管怎麼說，我覺得您把女人拿來和動物比較，一點也不好笑。」

「好吧，」他還是懸著手拿著酒杯，回了一句：「那我不敬您這一類的人，而要敬您的靈魂；這樣可以嗎？當您的靈魂從頭部掉進肚子裡的時候，它會亮起來，而當它從肚子升到頭部的時候，亮光就會熄滅。」

她也舉起酒杯。「好，敬我靈魂，掉進我肚子裡的靈魂。」

「我還要修正一下，」他說：「我們還是敬您的肚子好了，敬您的靈魂掉進去的那個肚子。」

「敬我的肚子。」她也跟著說。而且他們特別提到她肚子時，她的肚子似乎也有所回應；她摸摸她肚子的每一寸肌膚。

然後服務生把牛排端來了。他們又點了第二杯伏特加，以及一瓶氣泡礦泉水（這一次他們敬女孩的乳房）。他們之間的談話繼續帶著一種無聊的怪腔調。年輕人看他女朋友「很知道」怎麼當一個不正經的女人，忍不住越來越生氣。他心裡想，要是她這麼擅長變成另外一個人，是因為她真的「就是那樣子」；畢竟，總不會不知道從哪兒冒出來一個靈魂，憑空滲進她的身體裡。她現在這樣所表現出來的，無非還是她自己；或者至少是她自己的一部分，以前只是用鑰匙鎖在裡面，而現在就藉著這個遊戲放它出籠。她自己大概以為這只是玩遊戲，不過，事情不是正好相反嗎？這個遊戲不是正好讓她恢復原來的自己？讓她能夠釋放自己？不，和他面對面的，不是另外一個女人在他女朋友的身體裡；這就是他的女朋友，就是她自己，不是別人。

他看著她，對她的厭惡越來越強烈。

可是，這不只是厭惡而已。「在心靈上」，他越覺得她陌生，「在肉體上」，他就越想要她；靈魂的陌生感，使她女性的身體顯得更獨特。當然，這種陌生感最後會把她的身體變成只是一個身體，就好像在此之前，這個身體都為了他而隱藏在憐憫、溫柔、關切、愛與情意的雲霧中；就好像這個身體迷失在這層雲霧中（是啊，就好像這是個迷失的身體！）。年輕人相信，這是他第一次「看到」他女朋友的身體。

喝完了第三杯伏特加加氣泡礦泉水，女孩站起來，說：「對不起，我要離開一下。」她臉上還帶著賣弄風騷的微笑。

「我能請問，您要去哪裡嗎，小姐？」

「小便，您說可以嗎？」說著她就走了。走過幾張桌子，往餐廳後面的絨布簾子走去。

8

女孩很高興她說的這個字眼嚇到了他——當然，這個字眼其實也沒什麼大不了——可是，他從來沒聽過她這麼說。她自己認為，用賣弄風騷的態度強調這個字眼，最能表現她現在所扮演的角色。真的，她很高興，她的心情好得不得了。這個遊戲迷住了她，讓她有一種前所未有的感受：例如，不必負責任、凡事不在乎的這種逍遙自在的感受。

她本來是那種常常會為下一分鐘的事情而不知所措的人，這時候突然都放鬆了下來。她突然投進去的這另外一個人的生命，是一種不會有羞愧的生命，不受過去生命經驗的規限，沒有過去，沒有未來，也沒有必定得要怎樣的承諾；這是一個極度自由的生命。當一個搭便車的陌生女人，她成了無所不能；「她要怎樣都可以」；什麼都可以說，什麼都可以做，什麼都可以去體驗。

她發現她走過餐廳的時候，其他桌的人全部都在看她；這也帶給她一種全新的感受，是她以前所不曾經驗過的：她的身體產生了某種猥褻的快感。從十四歲開始她就對自己的乳房感到羞恥，一想到它突出在胸前，明顯可見，她就覺得卑瑣不堪，而且一直到現在她都沒辦法完全擺脫這種羞愧的感覺。雖然她對自己長相和身材都覺得很驕傲，但是驕傲總是很快地被羞愧取代：她很清楚，女人的美麗最主要的作用就是刺激性慾，而這對她來說，是件滿不舒服的事。她希望她的身體只呈現在她所愛的人眼前；當路上有男人注視她胸部時，她都覺得這些眼光玷污了她最私密的部分，這部分應該只屬於她自己，以及她所愛的人。可是這個時候，她是個搭便車的陌生女人，一個不受命運支使的女人。她已經從愛的溫柔鎖鏈裡解脫了出來，開始強烈意識到自己的身體；注視她身體的眼光越是陌生，她的身體就讓她越亢奮。

她經過最後一張桌子的時候，有個略帶醉意的男人大概故意要炫耀自己見多識廣，就用法文問她：「Combien, mademoiselle?（多少錢，小姐？）」

女孩聽得懂他這句話。她挺起胸部，使勁的擺動臀部；然後消失在絨布簾子後面。

9

這是個古怪的遊戲。古怪之處在於——就以這個為例——即使這個年輕人很完美地扮演了陌生司機的角色，他還是時時刻刻都會意識到，這個搭便車的陌生女人是他的女朋友。而這正是讓他最受不了的；他看著他的女朋友一心想誘惑一個陌生男人，而且又不得不在場觀看；被迫在這麼近的距離看著她背叛自己時（她以後背叛自己時）會有的神情、言語；把自己當作是誘餌，來誘惑她對自己不忠，這樣的身分讓他覺得光榮，不過是一種很矛盾的光榮。

事情壞就壞在，他不只是愛她，他是愛慕她；他常常對自己說，這女孩子的「真實面」完全在忠實、純潔的範圍內，超出這個範圍，她就不存在；超出這個範圍，她就不再是她自己，就好像超過沸點以後，水就不再是水。當他看到她優雅、自然地跨出了這個恐怖的界限之後，他的怒氣就忍不住發作。

她從盥洗室回來，抱怨說：「有個傢伙問我：『多少錢，小姐？』」

「這有什麼好奇怪的！您看起來就像個婊子。」

「您知道嗎，我根本不在乎！」

「您應該跟那位先生去的！」

「既然我都已經跟您了，就算了。」

「您可以待會兒再去找他。只要再去和他勾搭一下就行了。」

「我不喜歡他那種人。」

「可是，一個晚上陪幾個男人，對您也無妨嘛。」

「是沒有關係啊，如果是帥哥的話。」

「您喜歡一個一個上，或者是一起上？」

「都可以。」

對話越來越走偏鋒；她有點受到驚嚇，可是沒辦法表示抗議。在遊戲裡，人不是完全自由；對玩遊戲的人來說，遊戲是一個陷阱。如果這不是遊戲，如果他們真的是兩個彼此陌生的人，搭便車的陌生女人早就會因為覺得被冒犯而離開

milan kundera

了；可是遊戲是不能這樣子讓人跑掉的。在比賽結束以前，球隊不能離開球場，棋子不能離開棋盤，遊戲的場地是規定好了的，不能越界。

女孩知道，就因為它是遊戲，所以她有義務要接受這些規定。她知道，這遊戲越極端，就越是一個遊戲，她就越必須要乖乖地玩。而且，把這種事訴諸理智，警告昏沉的靈魂要清醒，要維持適度的距離，不要把遊戲太當真，也都沒有用。就是因為這是一個遊戲，所以靈魂一點也不害怕，不會起而反抗，甚至還像吸毒一樣沉迷在遊戲中。

年輕人招手把服務生叫來，付了帳。然後，他站起來，說：「我們走吧。」

「去哪兒？」她問，假裝不懂。

「別問啦，來就是了。」

「您怎麼這樣子跟我講話！」

「跟婊子講話就是這樣。」

10

他們走上燈光黯淡的樓梯；在樓梯間，有一群喝醉酒的男人等在廁所旁邊。

年輕人從背後抱住女孩，一隻手握住她一邊的乳房。廁所旁邊那些男人都看見了，開始起鬨說一些粗俗的玩笑話。女孩想要掙開，可是年輕人強迫她安靜下來。「妳別動！」他說，旁邊那些男人也和他沆瀣一氣，對女孩說了一些猥褻下流的話。年輕人帶著女孩上了二樓。他打開房間的門，扭開電燈開關。

這是一間很小的房間，有兩張床，一張桌子，一把椅子，以及一個洗臉台。年輕人鎖上了門，轉向女孩。她正面對著他，一副向他下戰書的樣子，眼中流露出一種咄咄逼人的淫佚神色。他看著她，努力在這種淫蕩的表情背後尋找他所愛、所熟悉的特性。這就好像要從同一個物體上看到兩個影像，兩個重疊的影像，像是透明似的，互相透過對方顯現出來。

這兩個重疊的影像，等於是對他說明了他女朋友能夠含納「一切」，她的靈魂非常的不定形，忠實和不忠實同時並存，叛逆和純真彼此相伴，風騷和羞赧一起共存；這些粗野摻混在一起的特性，就像是紛亂雜湊的一堆垃圾，讓他很反感。這兩個重疊的影像，一直像透明似的，互相透過對方顯現出來。年輕人明白，他女朋友和其他女人只有表面上的差異，而在她生命的最深處，他的女朋友和其他女人並沒有兩樣，有各式各樣的念頭，有各式各樣的感受，也有各式各樣的劣根性，而這正可以說明她總會在暗中猜疑、嫉妒；對一個人的印象所勾畫出的輪廓，以為這呈現的就是這個人個性的面貌，其實不然，這只不過是幻覺，讓其他人受制於這種幻覺，其他看著他的人，也就是說他自己。

他覺得他所愛的對象，都只是他自己的慾望、自己抽象的想法、自己的信心塑造出來的，而這時候她是「真真實實的」。她就站在這裡，在他面前，對他來說是如此無望的「別人」，是如此無望的「陌生人」，是如此無望的「不定形」。他憎恨她。

「妳還在等什麼？脫啊！」

女孩低著頭，妖妖俏俏的，說：「有必要嗎？」

這種聲調聽在他耳裡喚起了某些記憶，就好像很久以前有另外一個女人對他說過這樣的話。可是他已經不記得是哪個女人。他想要羞辱她一頓。不是對搭便車的陌生女人，而是對她，他的女朋友。遊戲和真實人生混淆了起來。玩羞辱搭便車的陌生女人這個遊戲，只是他要羞辱他女朋友的藉口。他忘記了這只是個遊戲。他憎恨站在他面前的這個女人。他盯著她看；然後，從皮夾裡掏出一張五十克朗的鈔票，拿給她。「夠嗎？」

她拿了錢，說：「您不怎麼慷慨。」

「妳沒值那麼多。」他說。

她緊緊抱著他：「您對我太壞了。應該對我更溫柔。下點工夫嘛！」

她把他攬在懷裡，想去吻他的嘴唇。可是他伸出指頭放在嘴巴上，輕輕地把她推開。「我只吻我愛的女人。」

「那我呢，你不愛我嗎？」

「不愛。」

「那你愛誰？」

「關妳什麼事？脫吧！」

11

她以前從來不曾像這樣子脫衣服。以前，她在這個年輕人面前脫衣服的時候，都會覺得害羞、驚慌、暈眩（即使在黑暗中，她也無法掩飾這些反應），而現在，這些都消失了。在明晃晃燈光的照射下，她站在他面前，顯得很有自信，很放肆，連她自己都很訝異自己怎麼突然陶醉地慢慢脫起衣服來，她以前從來沒有這樣做過。她專注地看著他的眼睛，一件一件地把衣服脫掉，動作充滿了柔情，細細享受著剝除衣物的每一個步驟。

可是，到後來，當她赤裸裸地呈現在他面前時，她心裡想，這個遊戲不能再玩下去了。在她脫去衣服的同時，她就已經脫掉了自己的面具，而且這時候她全身赤裸，這表示了這是她的本來面目，這時候年輕人應該跨一步走到她身邊，做個手勢，抹去這一切，然後，他們就可以親親密密地做愛。所以，她赤裸裸地站在年輕人面前，停止了遊戲；她覺得很尷尬，臉上露出了真正屬於她自己的微笑，羞怯而迷亂的微笑。

可是年輕人動也不動，他沒有做出任何姿勢表示遊戲結束。他也沒看到她的微笑，那個他熟悉的微笑；他眼前只看到他憎恨的女朋友陌生而美麗的裸體。他感傷的情緒都被恨意洗滌了。她想要靠近他，可是他對她說：「妳待在那兒，我要好好地看妳。」

他現在只想做一件事，就是把她當作妓女。可是，他不曾見識過妓女，他對妓女的印象都來自文學和傳言。所以他就從這些印象裡去搜尋，而他第一個看到的景象是，穿著黑色內衣的裸女，在發亮的鋼琴頂蓋上跳舞。在這旅館房間裡沒有鋼琴，只有一張小桌子，鋪著桌布，靠在牆邊。他命令他的女朋友爬上桌子。她做了一個姿勢求他不要這樣，可是他說：「我付妳錢了。」

她看到年輕人眼中那種無可動搖的堅決神情，只好盡力把遊戲玩下去，可是她再也受不了了，她已經不知道要怎麼繼續下去了。她噙著眼淚，爬上桌子。桌子大概只有一公尺見方，而且桌腳長短不一；她站在桌子上，很怕重心不穩。

可是他很高興看到一個裸體直直立在他眼前，那羞怯猶豫的樣子更讓他變本加厲。他要看這個裸體做出各種姿勢，要從各種角度來看，好像他在想像其他男人曾經這樣看過她，或者以後會這樣看她。他很粗俗，很猥褻。他對她說了一些字眼，她以前從來沒聽他說過。她想要反抗，逃開這個遊戲，她喚著他的名字，可是他強迫她安靜，說她沒有權利這麼親密地叫他。最後她只好順從他，迷亂無措地，眼淚都快要流出來。她彎著腰，蹲下來，都隨他的高興，要她行軍禮，然後又要她扭腰擺臀地跳一首扭扭舞；可是一個突如其來的動作害她隨著桌布滑倒，差一點跌下來。他抓住了她，把她拉到床上去。

他和她合而為一。她很高興這個痛苦的遊戲總算結束了，他們兩個又可以回復原來的自己，那麼樣地真實，那麼樣地和原來一樣真心相愛。她想要把嘴唇壓在他的嘴唇上，可是他推開了她，又說他只吻他愛的女人。她抽抽噎噎地哭了起來。可是她甚至哭不出來，因為年輕人的狂暴熱情漸漸地掠取了她的身體，最後她只能壓制自己靈魂的呼嘆呻吟。

不多久，床上就只有兩個和諧的身體結合在一起，兩個耽於官能，卻彼此陌

milan kundera

生的身體。這時候所發生的，正是她一向最最害怕的事，正是她一向小心翼翼地避免的事：沒有感情的做愛，沒有愛的做愛。她知道她自己已經越過了禁界，而且一旦越過以後，她還繼續下去，毫無保留，完全融入其中。只有當她感受到感官歡愉，感官無比的歡愉，前所未有的歡愉時（這時已經越過了禁界），在她意識的某個角落，才會稍微覺得害怕。

12

一切都結束了。年輕人離開她的身體，拉了一下從天花板垂到床鋪上面的一條電燈開關電線；燈熄了。他不想看到她的臉。他知道遊戲結束了，可是他一點也不想回到他們原來的關係裡；他很怕再回去。在黑暗中，他躺在女孩旁邊，避免碰觸到她的身體。

過了一會兒，他聽見哽著氣的啜泣聲；女孩怯怯地、很稚氣地伸出手，碰了碰他的手；她摸了一下他的手，又縮回去，又摸了他一下，接著發出了一個聲音，聲調裡帶著哀求，時而被啜泣聲打斷，她一邊喚著他的名字，一邊說：「我是我，我是我……」

他不說話，也不動，非常明白他女朋友這句話裡抽抽搭搭的悲傷。但此刻，兩個人之間的陌生還是陌生。

啜泣轉而為長長的哭聲；女孩還一直重複著這句讓人心軟的話：「我是我，我是我，我是我，我是我……」

於是，他求助於「同情心」，來安慰這位年輕女孩（他必須到遙遠的地方去找，因為「同情心」他手邊沒有）。他們眼前還有十三天的假期。

milan kundera

舊鬼讓位給新鬼

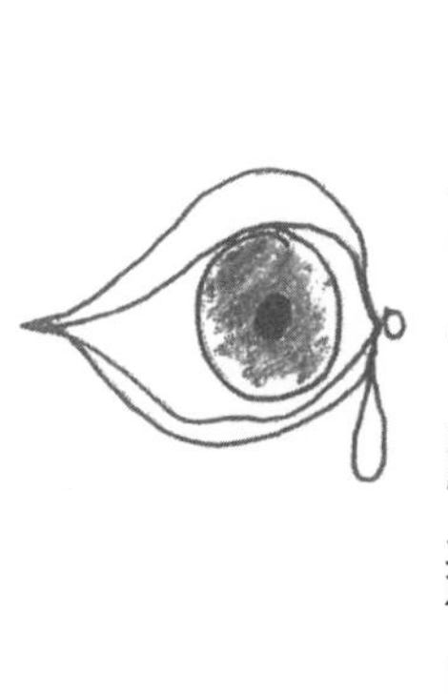

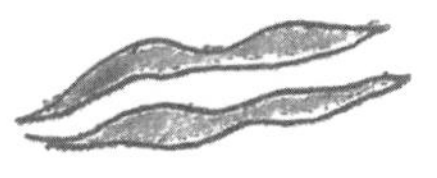

1

他沿著波西米亞小城的街道走回家；他已經在這地方住了不少年，認命地過著一種無聊乏味的生活，鄰居都是些喜歡東家長西家短的人，辦公室也是個庸碌、單調的環境。他走路的時候根本漫不經心的（就是那種在同一條路上走了千百遍的樣子），所以差一點沒看到她。可是她大老遠就認出他了，一路向著他走過來，過來和他打照面，她臉上帶著微笑地看著他，一直到最後一刻，他們幾乎要擦身而過的時候，那微笑才打開了他的記憶之匣，把他從沉睡睏倦之中拖拉出來。

「我竟然沒認出是妳，」他說，不過這種說法很拙劣，立刻就導向他寧可避免去碰觸的痛苦話題：他們已經十五年不見，兩個人都老了。「我真的變很多嗎？」她問，他回答說：沒有。雖然這是一句謊言，卻也不盡然是謊言，因為她那種含蓄的微笑（總是很靦腆、很端莊地流露出一種持之久遠的狂熱激情）越過了多年的時空距離，卻一點也沒有改變的又來到他眼前，而這讓他感到惶惑。因為這個微笑讓他清清楚楚地憶起了這個女人從前的面貌，他得很費力才能忘記這個微笑，如實地看到她目前真實的外表：她已經可以說是一個老婦人了。

他問她要去哪裡，有沒有什麼事情要辦的，她回答他說，她剛處理完一些事情，現在就只在等搭晚上的火車回布拉格。他表示很高興能和她巧遇，想和她多聊一會兒，他們兩個人一致認為（也都有正當的理由這麼認為），當地那兩家小酒館又髒又擠，所以，他就邀請她到他住的地方去，他住得離這兒不遠，而且有茶、有咖啡可以招待，尤其，他那裡乾淨又安靜。

2

今天一開始她事情就很不順利。她的丈夫（三十年前，他們剛新婚的時候在這裡住了一段時間，後來搬到布拉格去，但她丈夫早在十年前就去世了），現在他就埋在這個小城的墓園裡，這是照著他遺囑裡一個奇怪的遺願辦的。當年，她付了十年的墓地租金，而這幾天，她發現時限已經過了，忘了續繳租金。她本來想寫一封信給墓園的管理處，可是一想到和公家機關沒完沒了的信件往返，而且還不會得到什麼結果，她就自己來了。

雖然她還很清楚記得到她丈夫墓園去的路怎麼走，可是，這天她卻覺得好像是第一次來到這個墓園。她找不到墓在哪裡，以為是自己迷路了。後來她才明

milan kundera

白：以前用金色的字鐫刻著她丈夫名字的那塊砂岩石碑不見了，現在，在同一個位置立著的一塊黑色的大理石石碑，石碑上用金色的字寫著一個完全陌生的名字。（她能確定那是同一個位置，因為她認得鄰近的兩個墓。）

她心情壞透了，來到了墓園管理處。管理處的人對她說，租約到期了以後，墓地就自動清除掉了。她怪他們沒有提前告知她要續租，他們則回答說，墓園裡位置不多，而且「舊鬼應該讓位給新鬼」。她聽了非常憤怒，強忍著眼淚對他們說，他們這些人不懂什麼叫作人的尊嚴，也一點不懂得尊重別人，可是她不一會兒就明白了她再怎麼爭論都沒用。就像她沒辦法讓她丈夫不死一樣，她現在也沒有辦法讓她丈夫免於第二次死亡——一個「老鬼」的死，這次的死亡甚至使他沒有權利以死人的姿態存在。

她回到小城裡，心裡除了悲傷之外更添不安，因為她在想她該怎麼跟兒子解釋父親的墳墓不見了，她要怎麼為自己的疏忽辯白。不一會兒，她覺得很疲倦：等火車來載她回布拉格之前，她不知道怎麼打發這漫長幾個小時的時間，因為她這裡已經沒有認識的人了，而且她也不想在小城裡散散步緬懷過去的時光，這幾年來，小城的變化好大，她以前熟悉的幾個地點如今都換上了不同的面貌。這也就是為什麼她在路上偶然遇到這位（半被遺忘的）老朋友後，會欣然接受他的邀請到他家去：她能到浴室去洗洗手，然後坐在柔軟的扶手椅上（她的腳很痛），看看他家裡，聽著隔板後面傳來廚房裡開水燒開了的聲音。

3

不久前，他剛過三十五歲，那時候他才發現他頭顱頂上的頭髮明顯的稀疏了。是還沒有到禿頂的地步，可是已經不難想見會有那麼一天（頭髮底下都露出了頭皮）：禿頭一定是避免不了的了，而且要不了多久就會發生。掉頭髮這種問題當然不需要把它看成是攸關性命的事，可是他自己也了解，禿頭一定會改變他的面貌，從而使得他這個面貌的人生（顯然這是他最好的一個人生階段）到此結束。

於是，他心裡想，他這個一點一點在消逝的（有頭髮的）人，人生裡有些什麼得失成敗呢？他確切地經歷過什麼、確切地有過什麼樣的人生樂趣呢？結果，他非常訝異地發現，他的人生樂趣少得可憐；這讓他一想到就臉紅。是的，他覺得很丟臉：因為他在這世界上活了這麼久，所經歷的卻這麼少，這真是讓他羞愧難當。

milan kundera

他說他所經歷的這麼少，到底是什麼意思呢？他想到的是旅行、是工作、是郊遊、是運動，還是女人嗎？當然這一切他都想到了，可是這其中他在意的尤其是女人。因為，其他方面生活的貧乏，是會讓他覺得痛苦，但是他並不會為了這個怪罪自己：他的工作無聊、沒有前途，並不是他的錯；他因為沒有錢、沒有辦公室主管開具的保證而不能去旅行，也不是他的錯；他在二十歲的時候因為膝蓋受傷，而放棄了他最喜歡的運動，這也不是他的錯。可是，相對的，女人的事對他來說是一個相對比較不受到外力限制的範疇，在這件事情上，他能夠展示他是個什麼樣的人，他能夠展示出他豐富的內在；他沒有什麼藉口可以推諉他沒辦法有好表現。所以，女人對他來說成了衡量他生命「濃度」的唯一標準。

可是，運氣真背！他在女人面前一向吃不開：二十五歲以前（雖然他長得滿帥的），他一碰到女人就怯陣退縮。後來他陷入情網，結了婚，在七年的婚姻裡，他一直試著說服自己可以在同一個女人身上找到性愛的無限可能。後來他離婚了，原來的那種護衛一夫一妻的理論（對「性愛的無限可能」的幻覺），這時候被「快活、大膽的追求眾多女人的慾望」取代了（他現在是抱著這樣的幻覺：一個女人的可能性是有限的，但每個女人的可能性不同，所以在無數個女人身上就有無限的可能）。唉，可是他這個大膽的慾望卻完全被困窘的經濟狀況卡住了

（他得付給前妻贍養孩子的費用，他一年可以見孩子一兩次面），也被小城裡的生活景況卡住了，小城裡，鄰居們的好奇心大，而可選擇的女人少。

在這之後，時間流逝，很快地流逝。突然，他站在浴室洗臉台上方橢圓形鏡子的前面，右手拿著一面圓形的小鏡子照著他的頭頂，專心凝視著剛開始發生的禿頭現象；突然（在沒有任何心理準備的情況下），他領悟了一個最平凡無奇的真理：已然失去的就再也無法挽回。

從那以後，他長期處在情緒低潮，甚至會有自殺的念頭。當然（在這裡必須特別強調這一點，以免讓人家以為他是個歇斯底里的人，或是個大蠢蛋），他自己也很清楚這個念頭很可笑，他永遠不可能真的這麼做（他還會嘲笑自己想寫這樣的遺言：我永遠無法忍受自己成為一個禿子，永別了！），可是只要在心裡抱著這種柏拉圖式的想法也就夠了。

讓我們試著來了解他的心理：他這種心理其實有點像是，一位跑馬拉松的選手跑到半途的時候，發現自己已經輸了，就不可抑遏地興起放棄的念頭（尤其這是因為他自己的錯誤所造成的）。他也是這樣，他認為自己已經輸了，一點也不想繼續跑下去。

現在，他就著小桌子彎下腰去，把一杯咖啡放在靠近臥榻這面的桌上（接下來他就坐在這張臥榻上），在靠近扶手椅那一邊的桌上放著另一杯咖啡，他的客人就坐在這張舒服的扶手椅上。他心裡想，在這個時候遇見這個女人真是命運惡意的捉弄，以前他瘋狂地愛著這個女人，當時卻錯過了她（因為他自己的錯誤），如今再次遇見她，卻正好是在他心理狀況不佳，覺得一切都不可能把握得住的時候。

4

她當然不知道自己在他眼中曾經是他「錯過的女人」；當然，她常常會想起他們曾經一起度過的那個晚上，她也還記得他當年的長相（那時候他二十歲，不懂得穿衣服，很容易臉紅，孩子氣的模樣很能逗她開心），她也還記得自己那個時候的景況（當時她將近四十歲，追求美的慾望，驅使她投入陌生男子的懷抱，可是，那也很快地又驅使她離開他們；因為她總覺得，她的人生應該像是「一支美麗絕倫的舞蹈」，她擔心自己對丈夫的不忠會變成一種醜惡的習慣）。

是啊，她非得要有美不可，就好像其他人非得要有什麼道德律令一樣；要是她發現她的人生裡有醜陋，她一定會極度沮喪。所以，當她意識到這家主人可能發現她在經過這十五年之後老了許多（再加上老所帶來的醜），她就急著要展開一把想像的扇子遮住自己的臉，於是她問了他一大堆的問題：她想知道他怎麼會搬到這個小城；她詢問他工作的狀況；她稱讚他的住處非常舒適，可以俯瞰小城一大片住家的屋頂（她說，這當然不是什麼特殊的景觀，可是它讓人覺得開闊自在）；他牆上掛的那幾幅複製的印象派畫作，她知道那是哪幾位畫家的作品（這一點也不難，因為在窮苦的捷克知識分子家裡，大部分都有這幾幅廉價的複製品）。

然後，她站了起來，手裡拿著杯子，走到他的小書桌前，彎腰看著擺在那上面的那個相框，相框裡有好幾張照片（她注意到了其中沒有半張年輕女人的照片）。她問他，照片裡的一位老婦人，是不是他媽媽（他說是）。

接著，他問她，她剛才在路上對他說，她到這裡來處理一些事情，到底是處理什麼事。她一點也不想提起墓園（在這棟大樓的五樓裡，她高高懸在屋頂的上方，就好像高高超脫了自己的人生，這讓她覺得心情開闊自在）；可是，他一直追問，她只好坦白地說了（不過說得很簡單，因為她總是很不習慣過度地坦白，認為這有失體統）：她好多年前曾經在這個小城住過，她的丈夫就埋葬在這裡（墳墓不見了的事她一個字也沒有提），每年的萬聖節，她都會和她兒子一起回

milan kundera

Směšné Lásky

到這裡。

5

「每年啊？」這句話讓他難過，他心裡又在想，這真是命運惡意地捉弄。要是在六年前他剛搬到這個小城的時候就遇見她，一切都還有可能：那時候她應該不至於這麼老態畢露，容貌也不會和十五年前他所愛的那個樣子有這麼大的差異；那他就有力量克服這之間的差異，把這兩個形貌（現在的和過去的）視如同一個形貌。可是現在，這兩個形貌差異太大了，已經不可能補救。

她喝著咖啡，說著話，而他努力地想要準確衡量她的變化程度有多大，因為這個變化使他「第二次」錯過了她：她臉上有皺紋（抹了好幾層的粉也掩飾不了）；脖子上皮膚鬆垮（穿著高領的衣服想遮也遮不住）；臉頰耷拉下垂；頭髮灰白（不過，這看起來很美！）。然而，最吸引他注意的，是她的雙手（唉，就算抹粉、塗胭脂也不能讓它變好看）：手上青筋暴露，有一條條清晰的紋路，幾乎就像是男人的手。

他又懊惱又氣憤；他想藉著酒來遺忘這次見面遲延得太久了；他問她想不想

喝一杯白蘭地（他在隔板後面的櫃子裡有一瓶還沒喝完的）；她說她不喝，他這才想起她在十五年前幾乎就是不喝酒的，大概是擔心酒精讓她失了風度。而當他看見她略略擺手拒絕白蘭地的優雅姿勢時，他了解到，她那種優雅、那種有吸引人、有魅力的儀態，仍然蠱惑著他的心，雖然她已經老了許多，她這種被年齡的柵欄所圍困的魅力，仍然深深吸引著他。

當他想到這是一種年齡的柵欄時，他對她不禁產生了無比的同情，而這種同情使他覺得和她親近了一些（以前這個女人多麼地耀眼，她總是讓他緊張得說不出話來），他好想像一個朋友對一個朋友似的，在泛著藍色的憂鬱氣氛中，久久地和她閒話家常。事實上，他是滔滔不絕地說著話，似乎想要一股腦兒地把近來積壓在他心裡的悲傷心事傾吐出來。當然，他沒有提到他開始禿頭的事（就像她也不提墳墓不見了的事一樣）；禿頭這個影像變形為一種相當哲學性的句子，像是「時間過得太快了，我們人都追不上它」、「生命注定要腐朽，想逃也逃不了」等等這一類的話，他期待他的客人能心有戚戚焉地回應他所說的；可是他失望了。

「我不喜歡聽這種話，」她有點激動地說：「你說的這些都只是膚淺的表象問題。」

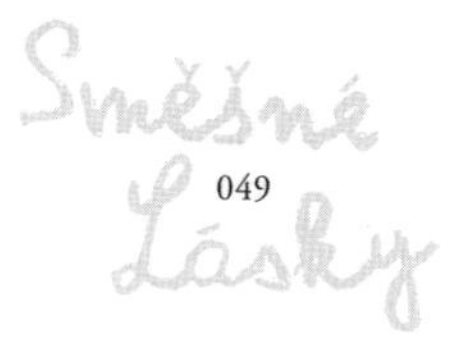

6

她不喜歡有人跟她提起老啊、死啊的事，因為這種話會顯出讓她厭惡的那種生理醜陋的影像。她好幾次都很激動地對他說，他的想法只停留在「膚淺的表象」；她說，人不只是個會逐漸凋萎的肉體，重要的是在於他能有所成，是在於他為別人留下了什麼。在她來說，這並不是她的新論調；三十年前她就接受了這樣的想法，那時候她愛上了她後來的丈夫，他比她大十九歲；可是她一直非常真心地敬重他（雖然他不知道她對他不忠實——或者是他自己不想知道這件事），努力說服自己，她丈夫的聰明才智以及他的所作所為，能彌補歲月加諸在他身上的年齡重擔。

「能有什麼所成，我請問妳！我們身後還能留下些什麼有所成的！」他尖酸地笑著，反駁她的話。

雖然她堅定地相信她丈夫所做的都具有恆久的價值，但在這時候她不想提起她死去的丈夫。她只回答他，世界上所有的人總會有所成，不管所成是那麼的微不足道，而且只有這些所成的能夠賦予人價值。

於是，她滔滔不絕地說起她自己，談到她在布拉格郊區一家文化機構的工作，籌劃一些講座和詩歌朗誦會。她談到（她誇張的語氣顯得很不得體）「民眾感激的臉孔」；接著她又談到有個兒子真好，看著她自己的長相一點一點地轉化，轉化成一個男人的臉（她兒子長得很像她），那種感覺真好，一個母親能夠給兒子的一切她都給了他，然後無聲無息地抹去她在他生命裡的痕跡，那種感覺真好。

她會開始談起她兒子，並不是出於偶然，因為，這一天她兒子無時無刻不盤據在她的腦海中，責怪她沒有處理好墓園的事。這真是奇怪，她從來不讓任何一個男人來勉強她自己，卻讓自己的兒子在她脖子上套枷鎖，她自己也不懂怎麼會這樣。如果說沒有處理好墓園的事，讓她心情低落，這其中最主要的緣故是因為她在兒子面前有罪惡感，擔心他責怪她。

她兒子帶著妒意地留心她是不是還誠摯地悼念著父親（是他堅持每年萬聖節都不能忘記要到墓園來的！），而她長久以來一直都在懷疑：她兒子這麼做，並不是出於對死去父親的愛，而是出於一種想要束縛母親的慾望，不許她踰越寡婦的禮法。因為這種事情就是這樣，雖然他從來沒有明講，她也努力當作沒這回事（但這也沒用）：不過她知道，兒子想到母親可能有性生活，心裡就會很嫌惡，

milan kundera

他對母親身上還繼續保有性（甚至是潛藏的性）很反感，就好像性應該是和青春連結在一起，他對母親身上還繼續保有青春很反感。他不再是個孩子，已經開始對女孩子感興趣，而他母親的青春（總會伴隨著具有侵略性的母性關懷）會在他和女孩子的青春之間形成一道障礙；他需要一個年老的母親，好讓他禁受得起她對他的愛，好讓他能夠去愛她。

有時候，雖然她也知道他這麼做無異是把她推向墳墓，可是她最後還是向他屈服，還是在他的壓力下投降，甚至把她這種屈服理想化，說服自己相信她生命的美正在於靜悄悄地消逝在另一個生命之下。

她這時就是因著這種理想化，才很熱烈、很突如其來地跟這家主人談起這個話題。

可是，就在這時候，這家主人突然彎下身子，隔著低矮的桌子，撫摸著她的手，對她說：「如果我說了什麼蠢話，請妳原諒我，妳也知道，我一直都是個白癡。」

7

他們之間的論辯並沒有惹他生氣，相反的，他的客人在他眼中反而更加身分明確：他悲觀的言論引發了她這番抗辯（可是她這不也是在駁斥醜陋和低級趣味嗎？），而他從她這番談話中發覺，她還是他以前認識的那個人，所以他腦子裡更加占滿了她以前的容貌、他們以前一起經歷過的事。現在他心裡只希望，不會有什麼事情來破壞目前這種藍色的憂鬱氣氛，這種適合親密交談的氣氛（這也就是為什麼他要去撫摸她的手，而且說自己是白癡），讓他能夠向她傾訴此刻對他來說最重要的事：他們共同的經歷。因為他相信他曾經和她經歷過一件非比尋常的事，只是她不知情，因此，他得找到最恰當的語言把這件事說給她聽。

他連他們怎麼認識的都想不起來，她好像是常和他一些還是學生的朋友聚會，可是他還記得很清楚，他們第一次單獨約會是在布拉格一家偏僻的小酒館：他和她面對面地坐在一間裝潢著紅色絲絨的包廂裡。當時他很不知所措，一句話也說不出來，可是在同時，她微妙地向他暗示她對他有好感，讓他心醉不已。他心裡一直想像著（不敢期望這個夢想會實現），要是他吻她、脫下她的衣服、跟她做愛，她會是什麼樣子——可是他想像不出來。是啊，這真是奇怪：他曾經千百次地想像著和她肉體歡愛的情景，可是都是徒然，他還是想像不出來：她臉上依然帶著平靜、溫和的微笑凝視著他，而他沒辦法（就算他絞盡腦汁來想像也沒辦法）從這張臉上看見她在歡愉狂喜的狀態會有扭曲的面容。「她徹徹底底地從他的想像中逃逸」。

這種事後來在他的人生裡不曾再發生：當時他所面對的是「不可想像」。那時候他正好處在這樣的人生階段裡（一個非常短暫卻如在天堂般美妙的階段）：想像還沒有汲取現實的經驗，還沒有變成例行公事，他所了解的、所知道的非常有限，所以「不可想像」的狀態還存在；要是「不可想像」正在轉變成實際經驗（沒有想像作為媒介，沒有想像作為兩端的連結），那麼就會讓人感到驚慌、暈眩。

事實上，這種暈眩的確向著他席捲而來——後來他們又碰了幾次面，可是他還是不知道該怎麼解決他的困境，反而是她開始很好奇地詳加詢問他住的學生宿舍是什麼樣子，幾乎迫使他邀請她去看看。

他那時住的學生宿舍和他現在住的小公寓不太一樣：有兩張金屬床、兩把椅子、一個衣櫃、一個沒有燈罩的刺眼燈泡，以及一團亂七八糟。他和一位同學一起住在這間宿舍裡，她要來參觀的這一天，他用一杯萊姆酒賄賂他的室友，要他午夜以後才可以回來。他先把房間整理乾淨，七點鐘一到，就聽到她的敲門聲（她一向很準時，這一點和她的優雅氣質很相稱）。

這時候是九月，晚上七點天色就漸漸暗了下來。他們坐在金屬床的床緣，開始親吻起來。然後，天色越來越暗，他不想去開燈，因為他很高興她看不到他，他希望黑暗能夠減輕他在她面前脫衣服時的困窘。（雖然他多少也知道該怎麼脫掉女人的衣服，可是要他在女人面前脫衣服，他就會脫得很匆忙、很靦腆。）可是這一次，他在脫她上衣第一顆釦子的時候，猶豫了很久（他心裡想，一開始去脫她衣服的姿勢應該要很優雅、細緻，而這只有經驗老到的男人才做得出來，他很怕暴露出自己沒經驗），所以後來反而是她自己先站起來，帶著微笑問他：「我把這件盔甲脫掉沒有關係吧？……」於是，她開始寬衣解帶；可是房裡很暗，他只看到她一團黑影的動作。他也匆忙脫下自己的衣服，直到他們開始做愛（幸虧她表現得非常有耐心），他才覺得有一點信心。

他看著她的臉，可是，在漆黑中他看不清她臉上的表情，甚至也無法分辨她的五官。他後悔剛剛沒去開燈，而他現在似乎已經不可能站起來走到門邊去扭開電燈開關；所以，他還是耗著眼力地想把她看清楚，結果還是徒然：他辨識不出她的樣子；他覺得自己好像是在跟另一個人做愛；一個冒充者，一個十分抽象、不具個人真實性的人物。

接下來，她坐在他身上（就算在這個時候，他也只看見她的影子立著），臀部一起一伏地動著，悶著聲說了一些什麼，呢呢喃喃的，他分辨不出來她是在對他說話，或者只是自言自語。他聽不清楚這些話，忍不住問她在說什麼。她依然喃喃低語，甚至當他再一次把她緊緊抱住的時候，他還是無法了解她到底在說什麼。

8

她聽著這家主人說話，越來越被她早就已經遺忘的細節所吸引：例如，她有一件質料輕薄的淡藍色夏裝，他說，她穿起這件衣服就像是神聖不可侵犯的天使（嗯，她記得這件洋裝）。或者是，她頭髮上插著的那只玳瑁大梳子，他說，讓她看起來有貴婦人老式的莊重模樣。或者是，在他們約會的那家小酒館裡，她總是點一杯加萊姆酒的茶（這種酒是她唯一的罪惡）。

種種這些回憶使她心情非常愉快，遠遠拋開了墓園、不見了的墳墓，遠遠拋開了脹痛的雙腿，拋開了文化機構的工作，拋開了她兒子譴責的眼光。唉，她心裡想，無論我現在是什麼模樣，如果我的青春還有一丁點繼續存活在這個男人的腦子裡，那麼我就不是白白活一場。而且她心裡還想，這是支撐她信念的一個新佐證：一個人的價值完全在於他有能力跨越自己，走出他自己，存在於他人之中，為他人而存在。

她聽著他說話，沒有制止他時不時的伸手撫摸她的手；這種撫摸的動作和這種親密談話的氣氛很協調，散發出一種讓人寬心的曖昧成分（這個動作是針對著哪一位而發的？是他口裡「提到」的那個女人，或者是正在「和他講話」的這個女人？）。再說，她也喜歡撫摸著她的這個人；她心裡甚至認為，她更喜歡現在的他，勝過喜歡十五年前的他，當時他還只是個笨拙的年輕小子，如果她沒記錯的話，那時候他還滿討人厭的。

當他說到那個晚上她的影子挪到他上面，而且他努力要聽卻聽不懂她在說什麼的時候，他靜默了一會兒，而她輕柔地問：「那時候我說了什麼？」（她這一問很愚蠢，就好像他知道她說的是什麼，就好像過了這麼多年以後，他還能把當時那些話講給她聽，像講一個遺忘了的秘密。）

milan kundera

9

「我不知道。」他回答。

他的確是不知道；在那個時候，不只他的幻想把握不住她，他的感官也把握不住她；他對她視如無見，也對她聽如無聞。等他點亮了學生宿舍小房間裡的燈時，她已經穿好了衣服，她身上的一切又顯得平滑、耀眼、絕美，這張被燈光照亮的臉和不一會兒之前他在黑暗中揣度的那張臉，兩者之間再也找不到有任何關聯。在那天晚上，當他們還共處一室的時候，他就得要靠著記憶來追想她：他努力想像著，不一會兒之前當他們做愛的時候，她（隱匿在黑暗中）的臉、她（隱匿在黑暗中）的身體是什麼樣子。但他這些想像都是徒然；他的想像依然把握不住她。

當時他暗自決定，下一次他要在燈光下和她做愛。可是一直沒有下一次。她都很巧妙而有禮貌地迴避他，他帶著失望與困惑順從了她這種反應：他們做愛很美妙，也許，可是他也知道，「事前」他是多麼地讓人受不了，他自己都覺得丟臉。他覺得自己好像被判有罪，因為她迴避他，而他也不敢堅持要再見到她。

「告訴我，那時候妳為什麼要避開我？」

「我求求你，」她以最溫柔的聲音說：「都已經是那麼久以前的事了。我現在怎麼會記得？」而他還是不斷地追問，她只好說：「不應該老是回顧過去。好了夠了，我們無意中已經花了好多時間在談這個，談過去！」她這麼說是想和緩一下他緊逼不捨的追問（她以輕輕喟嘆的語氣說的最後這一句話，想必又讓她自己想起早上去墓園的事），可是，他對她這句話有不同的解釋：它就好像突然斷然地要讓他明白（這個明擺著的事實）並沒有兩個女人（一個過去的，一個現在的），而只有一個，而且是同一個女人，這個他在十五年前把握不住的女人，現在在這裡，就在他伸手可及之處。

「妳說得有道理，現在是比較重要。」他意味深長地說，說的時候還很全神貫注地看著她微笑的臉。她微微咧開雙唇，露出了一排牙齒；在這個時候，他想起了一件往事：

那天晚上，在他學生宿舍的小房間裡，她曾經執起他的手，把他的指頭放進她嘴巴裡，她使勁地咬，咬到他痛，同時他手指在她嘴巴裡，探觸著她口腔的各個部位，他對這個還記得非常清楚。有一邊的口腔，後面缺了幾顆牙（在那時，這個發現並沒有讓他倒胃口；相反的，他覺得這個小缺陷很配合她的年紀，她這種年紀正好吸引他，能讓他很興奮）。

milan kundera

可是現在，從她的嘴角和牙齒之間的口子看進去，他發現她的後牙潔白得很，而且一顆都不缺，這讓他很受挫。再一次，那兩個影像又分離了開來，可是他不容許這種事發生，他使勁、脅迫地要它重新合而為一，他問她：「妳真的不想喝一杯白蘭地嗎？」她還是帶著迷人的微笑、略略揚起眉毛拒絕了他。

他走到隔板後面，拿出白蘭地，湊在嘴巴上，很快地灌著酒喝。但他心裡立刻想到，她待會兒能從他呼出的氣息聞到他暗中偷喝了酒，於是，他拿著兩只酒杯，和那瓶白蘭地，走進房間。她還是搖搖頭拒絕。「至少，象徵性地喝一杯。」他說，然後在兩只杯子裡都倒了酒。他和她舉杯相碰，說：「我們來為這件事情乾杯：如果我再談妳就只要談現在的妳！」

他喝光了自己杯中的酒，而她只是沾沾唇，他挨著她坐在椅子的扶手上，拉起了她的雙手。

10

當她答應到他小公寓來的時候，她一點也沒想到會發生「這樣的」接觸，而接觸到的當兒，她立刻覺得驚慌；好像在她還沒來得及有所準備的時候，這個接觸就先發生了。（成年女子所熟悉的那種「永遠都處在準備好的狀態」，她早就失去了。也許，有人會察覺，她這種驚慌和青少女第一次被人擁吻的驚慌有相似之處，因為青少女是「還」沒有準備，而她——他的客人——則是「不再」會有準備，這個「還」和這個「不再」神秘地綰合在一起，一如老年和童年之間也有神秘的關聯。）然後，他讓她坐在臥榻上，緊緊地抱住她，撫摸她全身，而她靠在他的懷裡，覺得自己酥軟無力。（是啊，酥軟無力：因為她的身體早就已經失去了敏銳的感受力，不能藉以刺激肌肉有節奏地緊縮、鬆弛，產生千百種細膩微妙的反應。）

不過，最初的驚慌很快就在他的愛撫下消散無蹤，而她，雖然離她以前那種年輕成年女子的風華已經很遙遠，但是她現在卻以快得讓人暈眩的速度，重新尋回消失了的自己、尋回她敏銳的感受力、尋回她的知覺，她重新尋回了經驗豐富的情人舊有的自信心。而且，因為她已經很久沒體會到這種自信心，所以她現在感受到的比以前都更強烈。不一會兒之前，她的身體還處在訝異、驚慌、被動、酥軟的狀態裡，現在則因為愛撫而顯得有生氣、有回應，而且她感受到這愛撫很知道怎麼拿捏準確，這讓她心頭溢滿幸福。這種愛撫、這種她把臉貼著他身體的方式、這種以她的身體伏動來回應他緊緊的擁抱，她覺得所有這一些都不像是學來的，不像是某種她知道怎麼做、而且現在帶著冷冷的快意來做的事，而像是某種「屬於她」的本質，這種本質讓她沉陷在迷醉、激狂的狀態中，就好像她找回她熟悉的疆土（喔，那美的疆土！），她曾經從那裡被驅逐出去，而今，她風光隆重地回歸。

現在，她兒子離她非常遙遠；當這家主人摟著她的時候，她在腦海的一個角落瞥見兒子在指責她，可是他很快就不見了，而且現在，在方圓百里之內，只有她和愛撫著她、擁抱著她的這個男人。可是當他的嘴唇印上她的嘴唇，而且想用舌頭打開她嘴巴的時候，一切就都變了：她又回到了現實。她緊緊咬著牙（她感覺到自己的一組假牙，貼附著她的口腔，而且彷彿覺得自己滿嘴都是假牙），輕輕地推開他，說：「不要。真的。我求求你。別這樣子。」

但他還是繼續堅持，她只好抓著他的手腕，不斷地拒絕；然後她對他說（她很難開這個口，可是她知道如果要他照她的話做，她就必須說出來），他們現在做愛已經太遲了。她提醒他，她已經年紀大了；她說，要是他們真的做愛，他只會憎惡她，而她會覺得希望完全破滅，因為他剛才提到的那件往事，對她來說，是件美麗非凡的事，而且深具重要意義。她的身體必然會消亡、會衰敗腐朽，可是她現在知道了，它會有某種非物質性的東西存留下來，會有某種像光線一般會閃亮的東西留存下來，甚至在星光熄滅了之後，依然閃爍；如果她的青春無瑕地留存在另外一個人的心頭，那她上了年紀又有什麼關係呢。

「你已經在你的記憶裡為我豎立了一座紀念碑。我們不能讓這座紀念碑被毀。你懂我的意思嗎？」她一邊抵抗一邊辯解。「你沒有權利，你沒有權利讓這種事發生。」

11

他向她保證，她還是一樣漂亮，而且其實她並沒有改變多少，一個人是什麼樣子就會一直是什麼樣子；可是，他知道自己在說謊，她說的才是對的。他很清楚自己的感官對身體外貌方面的事極端敏銳，對於女人身體上的缺陷，他一年比一年覺得倒胃口，而且在後來這幾年，這使得他感興趣的女孩越來越年輕，也就是喜歡那些更加空虛、更加愚蠢的女孩——他自己心裡也清楚這一點，對這一點難免感傷。

的確，這件事他一點也不懷疑：要是他說服她做愛，到最後他一定會覺得倒胃口，而且這一倒胃口，不僅會玷污了現在的時光，也會玷污了許久以前那個他心愛女人的影像，他把這個影像如珍寶般地保存在他的記憶裡。

這一切他都知道，可是這一切都只是腦子裡所想的，腦子裡的想法是抵擋不住慾求的，這種慾求只知道一件事：這個碰觸不著、捉摸不到的女人讓他痛苦了十五年，而這個女人現在就在這裡。他終於能夠在光亮之中看到她，他終於能夠從她目前的身體揭露她以前的身體，從她目前的臉孔揭露她以前的臉孔。他終於能夠明瞭她不可想像的愛的姿勢、她不可想像的愛的痙攣。

他緊摟著她的肩膀，注視著她的眼睛，說：「不要抗拒我。抗拒是沒有意義的。」

12

可是她搖頭，因為她知道抗拒他一點也不荒謬，她了解男人，以及他們對女人身體的態度，她知道甚至在最熱烈的理想愛情中，也不能摘除身體外貌的可怕影響力。的確，她的身材仍然非常好，比例均勻，沒有走樣，而且她外表看起來還很年輕，尤其當她穿著衣服的時候。可是她知道一脫掉衣服，就會露出脖子上的皺褶，暴露出十年前一次胃部手術所留下的長長疤痕。

剛剛有一會兒的時間，她根本忘了她目前的身體外貌，但現在她逐漸意識到了這件事，而且，今天早晨的焦慮也從深遠的街道漫進小公寓的窗口（她本來以為這裡夠高了，能夠保護她），焦慮充塞在這房間裡，滯留在複製畫上，滯留在扶手椅上、在桌上、在空的咖啡杯上，而這都由她兒子的臉孔壓陣而行。她一瞥見兒子的臉孔，她臉就紅了，想要把自己藏在自己心底某個角落裡：她是發癲了，她剛剛差點走岔了路，遠離兒子早就幫她畫好的路徑，而且到目前為止她一直是帶著笑容、帶著興奮的言詞循著這條路徑走；她曾經想過要逃開（即使短短的一刻也好），但是現在她又認命地走回這條路上，並且承認這是唯一適合她的路。她兒子的臉上掛滿了嘲諷的神色，而她在羞愧之餘，更覺得自己在他面前顯得越來越微小，滿懷屈辱的她，小到後來只成為她肚子上的那個傷疤。

這家主人摟著她的肩膀，不斷地對她說：「抗拒是沒什麼意義的。」她還是搖搖頭，但動作十分機械化，因為她眼裡看不見這家主人，只看見她的兒子兼敵人，她越感覺自己微小、自己卑賤，她就越痛恨她兒子。她聽見他譴責她墳墓不見的事，而且從她混亂的記憶中，她突然發起火來，沒頭沒腦地衝著他嚷出了這個句子：孩子，老鬼必須讓位給新鬼！

milan kundera

13

他非常確信一件事，就是這最終一定會以倒胃口收場，因為現在，只要把眼光放在她身上（能夠洞悉她、看穿她的眼光），難免就會讓他有點倒胃口。可是很奇怪，他卻不在意這件事。這件事反而挑唆他、激奮他，好像他就是想要嘗嘗倒胃口的滋味：在他來說，交媾的慾望和嫌惡的慾望非常接近；他想要從她身體中解讀他長久以來一直不明白的事，如今這種慾望卻混雜了另外一種慾望：想要玷污剛剛才解開謎底的秘密。

他哪來這股強烈的慾望呢？不論他自己有沒有意識到，這是他唯一的一個機會：對他來說，他所沒有的一切、他所沒有把握住的一切、他所欠缺的一切、他所短少的一切都具體化身為她——他的這位客人。因為他沒有這一切，所以他無法忍受他的年紀，到這把年紀只有頭髮不斷地掉，以及一無所成的人生；而且，不管他是很清楚地意識到，或者是心裡隱約有這種感覺，他現在能把以前他所不曾享有的歡愉，盡皆剝除它的意義（那些歡愉閃爍著光彩，使他的人生顯得更加悲悒暗沉），他現在能揭露這些歡愉其實是微不足道的，這些歡愉只是表象，它們會衰頹，它們不過是懂得自我展現的塵埃，他現在能報復它們、羞辱它們、滅絕它們。

「不要抗拒我。」他重複說著這句話，使勁地拉她貼近他的身體。

14

她兒子嘲諷的臉孔還是一直出現在她眼前，當這家主人使勁的拉她貼近他身體時，她說：「拜託你先放開我一下。」於是她從他懷裡掙脫了。其實，她很擔心她的思緒被打斷了：老鬼應該讓位給新鬼，紀念碑根本一點用也沒有，甚至連她旁邊這個男人十五年來在記憶裡為她豎立的那座紀念碑也沒有什麼用。所有的紀念碑都沒用，都沒用。她在心裡這麼對兒子說，而且她帶著一種很高興能夠報復回來的表情，看著她兒子扭曲的臉孔，任由他叫嚷著：「妳以前不會說這種話的，媽媽！」她自己當然知道，她以前不會說這種話，可是在這一刻卻充滿了亮光，把所有的一切照耀得判然明白。

她沒有任何理由在面對一個真實的生命時，偏偏去選擇紀念碑。對她來說，她自己的紀念碑只有一個存在的理由，就是她現在可以為了她被瞧不起的身體來背叛它。因為她喜歡坐在她旁邊的這個男人，他年輕，而且很可能（幾乎可以

milan kundera

說是非常確定的）是她最後一個會喜歡的男人、她最後一個能擁有的男人，這一點才是最重要的。要是接下來她讓他倒胃口，毀了他記憶中她的那座紀念碑，她也不在乎了，因為這座紀念碑在她身外，正如這個男人的思緒、記憶在她身外一樣，而凡在她身外的她一概不放在心上。「妳以前不會說這種話的，媽媽！」她聽見她兒子的叫喊，可是她根本沒聽進去。她臉上帶著微笑。

「你說得對，我幹嘛抗拒你？」她輕聲地說著，人站了起來。然後她開始慢慢地解開洋裝搭釦。現在離天黑還久。這一次，房間裡天光明亮。

沒有人會笑

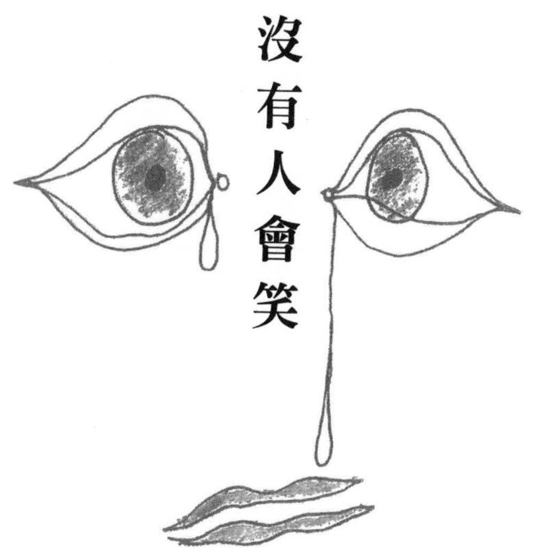

1

「再倒一杯斯利伏維斯酒給我。」克拉拉對我說，我照做了。我們找到了一個藉口來開那瓶酒，這藉口其實沒什麼特別，只是它和下面這件事有關：這天我收到了一筆滿可觀的稿費，因為我的長篇研究報告在一本藝術史雜誌上登了出來。

我的研究報告終究還是在雜誌上發表了。不過這一段過程有些波折。我文章的內容其實是帶刺的，而且頗有爭議性。所以《造型思維》那本雜誌——它那些頭髮花白、態度拘謹戒慎的編輯——退了這篇稿子。後來，我把稿子投到另外一份和它立場對立的雜誌去，這本雜誌的地位沒那麼重要（這是實話），可是它的編輯比較年輕，他們的顧慮也沒那麼多。

郵差把這筆稿費的匯票送到學校來了，另外還送來了一封信。這是一封無關緊要的信；早上我還處在洋洋自得的興奮狀態，所以只隨便瀏覽了一下。等我回到家，時間已經接近午夜，酒瓶裡的酒越剩越少，為了找點樂子，我就從書桌上拿起這封信，念給克拉拉聽：

「親愛的同志——或者說『親愛的同事』（如果我能夠冒昧地以這個稱謂

來稱呼您的話）：請原諒我這個您從未謀面的人，擅自寫這封信給您。我致函給您，是想懇請您指教隨信附上的一篇研究報告。雖然我並不認識您，可是我敬重您，因為在我看來，您的見解、推理、結論竟然和我自己的研究心得非常能夠呼應……」

接下來，他又讚美我的傑出表現，並且提出一個請求：他想麻煩我寫一篇評論，寄給《造型思維》的編輯，因為從六個月以前，他們就一直拒絕刊登他的文章，而且貶抑他的研究水準。有人告訴他，我的意見對那些編輯具有決定性的影響力，所以，從此以後，我就成為他唯一的希望，成為他糾擾不去的黑暗中唯一的亮光。

克拉拉和我，我們對扎度勒斯基先生開盡了各種玩笑，他這個很有派頭的名字，我們覺得有趣；當然，這些玩笑完全無傷大雅，因為他對我的讚美，讓我變得慷慨大度，尤其這時候我手裡還拿著一瓶斯利伏維斯好酒。我慷慨得在這個難忘的時刻，對全世界充滿了愛。沒辦法把愛的禮物送給全世界，至少可以送給克拉拉。而如果沒有禮物送，至少可以送給她一個承諾。

克拉拉二十歲，她是個家庭背景良好的年輕女孩。我在說什麼啊，良好？是家庭背景優越！她爸爸以前是銀行經理，所以可以說是大資產階級的代表，一九五〇年左右，他被逐出布拉格，來到契拉科維斯這個村子定居，這裡離首都布拉格頗有一段距離。他的女兒，也因為家庭成分的紀錄不良，就在布拉格成衣工廠的大作坊裡當女工，坐在縫紉機前車衣服。

這天晚上，我坐在她面前，想激發她對我產生仰慕之情，就輕率地向她誇口，有我朋友的幫忙，我保證能在職業上給她一些好處。我肯定地說，像她這麼迷人的女孩坐在縫紉機前虛耗了她的美麗，真是糟蹋；我堅定地表示，她應該當個模特兒。

克拉拉沒有表示不同的意見，我們在和諧愉快的氣氛中度過了一夜。

2

我們都是蒙著眼睛過眼前的日子。對於生活著的此時此刻，我們最多只能感受和猜測。只有到後來，解開了蒙布以後，我們檢視過去，才會明白所經歷的日子，而且才了解它的意義。

我本來還以為，那天晚上是喝酒慶賀我的成功，萬萬沒想到這是為我的窮途末路隆重地揭開序幕。

就因為一點也沒有想到是這樣，所以第二天醒來的時候，我心情還很好，而且趁著克拉拉還在酣睡，我拿起了扎度勒斯基先生那篇附在信中的研究報告，漫不經心地在床上隨便翻著看。

這篇題目為〈捷克素描大師——米科拉斯．阿萊斯〉的研究報告，根本不值得我花半小時的時間瀏覽。裡面拼湊了一堆陳腔濫調，沒有什麼邏輯推理可言，更連一點原創性也沒有。

毫無疑問地，這篇文章簡直是胡說八道。同一天，《造型思維》雜誌的總編輯卡魯茲克博士（他是一個讓人非常討厭的傢伙）也在電話中印證了我的看法。他打電話到學校給我，說：

「你收到扎度勒斯基先生的論文了嗎？呃，請你幫我一個忙，寫篇評論，已經有五位專家批評過他的文章，可是他還是一直糾纏，而且他認為你是獨一無二的權威。你寫個幾行字，堵一堵他的口，你很懂這種事該怎麼做，你也知道要怎麼表現得尖酸刻薄，這樣才好讓我們大家清靜清靜。」

可是，我心裡有點不舒服：為什麼要由我來擔任扎度勒斯基先生的劊子手？我又沒有為這件事支領他們總編輯的薪水！再說，我還沒有忘記《造型思維》才因為顧慮太多而退了我的稿子。何況，對我來說，扎度勒斯基先生的名字是和克拉拉、和那瓶斯利伏維斯酒，以及一個美好夜晚的回憶緊密連結在一起。但是，我也不想否認——這是人性之常——天底下會認為我是「獨一無二的權威」的人，用一隻手的手指頭就數得盡，甚至用一根指頭數也就夠了。我為什麼要和這位唯一的仰慕者為敵？

我用幾句機智、含糊的話結束了和卡魯茲克的談話，我們兩個人都以為聽見了自己所聽見的，他以為是承諾，而我以為是推託。我掛了電話，不為扎度勒斯基先生寫評論的心意已決。

我從抽屜裡拿出信紙，寫信給扎度勒斯基先生，在信裡，我小心翼翼地，避免對他的工作表示讚賞，而且向他解釋，通常別人認為我對十九世紀繪畫的看法有偏差，尤其《造型思維》的編輯對我更不以為然，所以，如果我去說項反而會妨礙他，而不是幫助他；同時，我在信裡對扎度勒斯基先生表達我的友好態度，他應該不會沒注意到這其中有同情的意味。

這封信一投進郵筒，我就忘了扎度勒斯基先生。可是扎度勒斯基先生沒有忘記我。

3

有一天，我剛剛上完課（我教繪畫史），秘書瑪麗太太就來敲我教室的門。她是一位上了年紀的和藹婦人，會為我準備咖啡，也會對電話裡的人說我不在——要是電話另一頭是個不受歡迎的女性的話。而這天，她把頭伸進教室裡，告訴我，有位先生在等我。

是先生我就不怕了。我跟學生道別，心情輕鬆地離開教室；走廊上，有一位先生，矮個子，穿著老舊的黑西裝、白襯衫，他向我打招呼。然後，他必恭必敬地告訴我，他叫做扎度勒斯基。

我把我的客人請到一間空房間裡，請他坐在一張扶手椅上，我用快活的語調和他交談，什麼都談，也什麼都沒談到，我提起今年夏天的天氣糟透了，也說到布拉格的一些畫展。扎度勒斯基先生很有禮貌地聽我講這些無聊話，可是他總會及時找到機會把話題扯到他的研究報告上，他這篇報告突然好像是我們中間一個看不見的物體，像一塊吸力無法擋的磁石。

「我很樂意為您的研究報告寫一篇評論，」我終於鬆口：「可是我已經在信裡跟您解釋過了，沒有人認為我是十九世紀捷克繪畫的專家，此外，我和《造型思維》編輯的關係並不是那麼好，他們認為我是立場強硬的現代派，所以我對您的正面評價，反而會損害到您。」

「哦！您太謙虛了，」扎度勒斯基先生駁回我的話：「像您這樣的專家，怎麼會對自己的地位這麼悲觀！編輯部的人對我說，一切都取決於您的意見。如果您賞識我的報告，他們就刊登。您是我唯一的機會。這份研究報告花了我三年的心血，三年來的研究所得，現在都掌握在您手中了。」

怎麼會這麼輕率，胡謅了一個這麼可憐的藉口！我不知道該怎麼回答扎度勒斯基先生才好。我機械性地抬起眼睛正面看著他的臉，我看見他戴著老式的小眼鏡，一副不諳世故的樣子，也看見了他那一道剛毅有力的深刻皺紋，垂直劃過他的前額。在這一剎那，我忽然領悟到一件事：這條專注、執拗的皺紋所反映的，不只是他在智性上懷抱著一種殉道精神，專注於研究米科拉斯·阿萊斯的素描，而且也反映了他非凡的意志力——這使得我的背脊起了一陣寒顫。我的機智盡失，找不到什麼巧妙的託辭來解困。我知道我不會寫這篇評論，可是我也知道，我沒有勇氣當面對這位前來請託的矮個子說。

我只是微笑，含含糊糊地給了他一些承諾。扎度勒斯基先生向我道謝，說他過一陣子再來問我消息；我和他道別的時候，我們兩人臉上都堆滿了笑意。

過沒幾天他真的又來了，好在我巧妙地避開了他，可是第二天有人告訴我，他又到學校去了一趟。我這才明白事情有點不妙。我立刻去找瑪麗太太，先做好必要的預防措施。

「拜託妳，瑪麗，萬一那位先生又來找我，請告訴他，我到德國做研究去了，一個月之內不會回來。還有一件事，我所有排在禮拜二和禮拜三的課，以後都要改到禮拜四、禮拜五。調課的事只要讓學生知道，別跟其他人說，也不要改課表上的時間。以後我都要避開別人的耳目暗中活動了。」

4

不多久，扎度勒斯基先生真的又到學校去找我，當秘書告訴他，我匆匆忙忙地趕到德國去了，他顯得很失望。「這不可能啊！教授先生應該為我的研究報告寫一篇評論的！他怎麼能這樣子就走了？」

「我什麼都不知道。」瑪麗太太接口說：「不過他一個月以後會回來。」

「還要一個月……」扎度勒斯基哼哼唉唉地嘆氣。「您不知道他在德國的地址嗎？」

「我不知道。」瑪麗太太說。

我終於有一個月的安寧。

可是這個月過得比我想像的還快，扎度勒斯基先生又來到我秘書的辦公室。

「還沒，他還沒回來。」瑪麗太太對他說。

而當她見到我的時候，她用求救的口吻問我：「你的那位先生又來了，你要我怎麼跟他說？」

「告訴他，瑪麗，我在德國得了黃疸，我現在住在德國耶拿的醫院裡。」

「住院？這怎麼可能。教授先生應該要為我的報告寫一篇評論的！」幾天以後，扎度勒斯基先生聽到秘書告訴他這個消息，不禁叫了起來。

「扎度勒斯基先生，」秘書用指責的口吻對他說：「教授在國外病得很重，您卻只想到您自己的報告！」

扎度勒斯基先生縮著脖子，走了，可是十五天以後，他又出現了：「我寄了一封掛號信到耶拿。信被退回來了！」

「你的這位先生快把我逼瘋了，」第二天瑪麗太太告訴我：「你別生我的氣，我實在也沒有別的辦法。我已經跟他說，你回來了，你自己必須想辦法應付他！」

我不怪瑪麗太太，她能做的她都做了，何況，我一點也不覺得會被他打敗。我知道自己不會被逮到。我現在都過著避人耳目的生活，我避開別人的耳目上禮拜四和禮拜五的課，禮拜二和禮拜三我也一直是避開別人的耳目，躲在學校對面一棟建築物的大門裡，津津有味地看著扎度勒斯基先生在學校守候我的情景。我好想戴一頂假髮、黏上假鬍子。我覺得自己是在城裡四處走動的福爾摩斯、開膛手傑克，或是隱形人。我的心情好極了。

可是有一天，扎度勒斯基先生終於厭倦了守候，猛一下直衝著瑪麗而來。「咳，到底教授同志什麼時候有課？」「你看一下課表就知道了。」瑪麗太太指著牆上的大課表對他說。在那張畫滿框線的課表上，以標準格式清清楚楚地載明了上課時間。

「我知道，」扎度勒斯基先生這次不再上當了，他說：「可是教授同志他從來不上禮拜二課，也不上禮拜三的課。他已經不教書了嗎？」

「不是。」瑪麗太太很尷尬。

這時候，這個矮個子怪罪起瑪麗太太來了。他指責她沒有即時更新課程表。他口氣譏諷地問她，她怎麼會不知道教授的上課時間呢。他表示，他要去告發她失職。他破口大罵。他還宣稱，他也要去舉發教授同志都不上課。他問院長現在

milan kundera

在不在。

很不幸地，院長在。

扎度勒斯基先生去敲他辦公室的門，進去了。十分鐘以後，他又回到瑪麗太太的辦公室，乾巴巴地問她要我住家的地址。

「在黎托米斯勒，斯卡勒尼科瓦街二十號。」瑪麗太太告訴他。

「怎麼會，在黎托米斯勒？」

「教授在布拉格只有一個暫時落腳的地點，他不願意公開那個地址……」

「我一定要妳給我教授先生在布拉格的地址。」這個矮個子聲音顫抖的說。

瑪麗太太實在覺得很喪氣。她把我閣樓的住址給了他，我可憐的避難處，我溫暖可愛的窩，我就是在那裡被逮到的。

5

沒錯，我的永久住址是在黎托米斯勒。在那裡有我媽媽，還有我對我爸爸的回憶；只要我能夠，我就離開布拉格回老家，住在媽媽的小屋子裡工作、做研究。所以，我以媽媽這裡作為我的永久地址。而在布拉格，我沒辦法找到一間合適的小公寓，就像一般人通常住的那種，我是在市郊跟別人分租房子，在屋頂下分租了一間完全獨立的小閣樓，我盡可能不讓別人知道它的存在，以免讓不速之客撞見和我露水相伴的女性朋友。

所以，我實在不能說，我的名譽在這棟房子裡有多好。而且，在我回去黎托米斯勒的期間，好幾次我都把房間借給一些朋友，他們常在那裡盡情玩鬧，害得這棟房子裡其他房客整夜都沒辦法闔眼。這引起了某些房客的憤慨，他們默默地和我作對，有時候是透過街道委員會針對我發表不利的言論，或者是到住屋管理處去申訴。

在這個時期，克拉拉漸漸覺得，她每天從契拉科維斯到布拉格來上工好辛苦，便決定睡在我住的地方。剛開始她還很不好意思，只偶一為之，然後留下一件洋裝，接著變成好幾件洋裝，經過了一段時間以後，我的兩套衣服就被壓在衣櫥底層，我的小閣樓無形中被改造成女人閨房。

我很疼愛克拉拉。她很漂亮，我們一起出去的時候，我很高興人家都會轉頭看我們；她比我小十三歲，而這只會讓我在學生眼中顯得更有威望；總而言之，我有一千個理由要守著她。可是，我不想讓別人知道她住在我這裡。我擔心別人會把帳算到我房東頭上去，我的房東是位老伯，人很謹慎，一向不干涉我；我很

milan kundera

怕他哪天突然愁眉苦臉地來了，很無奈地要我把我的女朋友請出門，以維護他的聲譽。所以，克拉拉接受了一道嚴格的指令：無論是誰都不准開門。

這天，她一個人待在房子裡。那是個陽光普照的晴朗日子，閣樓裡滿悶熱的。她全身赤裸地躺在我的臥榻上，凝視著天花板。

這時候突然有人一疊聲地敲門。

這沒有什麼好緊張的。因為我閣樓的房間沒有門鈴，來找我的人都必須叩門。所以這陣聲響並沒有讓克拉拉驚慌失措，她還是繼續凝視著天花板。可是敲門聲叩叩叩地響個不停；而且一直很堅持、很不屈不撓地敲著，讓人費解。克拉拉開始緊張起來；她想像，門外有一位先生，他慢慢的、很有氣勢地把外套的領子翻起來，然後很不客氣地問她為什麼不開門，是不是她在隱瞞什麼，或是她沒有申報戶口。她的罪惡感越來越強，眼睛從天花板收了回來，四處搜尋著她把衣服放到哪裡去了。可是這一陣頑強的敲門聲，害她在慌亂中只找到我掛在玄關的雨衣。她套上雨衣，開了門。門外，不是一個兇神惡煞，她看到的是一位矮個子向她點頭致意：「教授先生在家嗎？」

「不在，他出去了！」

「真遺憾！」這位矮個子說，他彬彬有禮地表達歉意。「教授先生應該幫一篇研究報告寫評論，我就是那篇報告的作者。他答應過我要寫的，您可不可以讓我留張字條給他。」

克拉拉給了這位矮個子一張紙和一枝筆。晚上，我從字條上讀到他寫的：那篇有關於米科拉斯・阿萊斯的研究報告，以後的命運如何都操縱在我手中；扎度勒斯基先生很恭敬地等著我寫我答應他的那篇評論。他還說，他會再到學校去找我。

6

第二天，瑪麗太太把扎度勒斯基先生威脅她的經過告訴我，說他大聲叫罵，還說要去檢舉她；這位可憐的太太在敘述的時候聲音都發抖了，眼淚也在眼眶裡打轉；這次，我發脾氣了。在這之前，瑪麗太太本來還覺得這種捉迷藏的遊戲滿好玩的（她這麼做是出於對我的同情，而不是出於戲謔），現在她卻覺得被冒犯了，而且很自然的，認為是我給她添的麻煩。我很了解她的心情。而且，除了我閣樓的地址曝光，讓我生氣以外，我一想到那人還真的到那裡去敲了十分鐘的門，嚇到了克拉拉，我的憤怒就轉為狂怒。

當我在瑪麗太太的辦公室裡踱方步，咬嘴唇，怒火中燒，想像要怎麼報仇的時候，門開了，扎度勒斯基先生出現。

他一看到我，臉上就閃著幸福的光彩。他向我鞠躬，跟我問好。

他太早出現了，我還來不及想要怎麼報仇。

他問我，昨天有沒有看到他的字條。

我沒說話。

他又問了一次。

「有。」我終於回答。

「那麼您會幫我寫了，這篇評論？」

我看著站在我面前的這個人：瘦弱、頑固、讓人生畏；我看見刻劃在他前額上的那條垂直皺紋，是唯一帶有炙烈情感的線條；我看著這條皺紋，才領悟到這條筆直的紋路是由兩個點所構成的一直線：一點是我的評論文章，另一點是他自己的文章；而且在這條狂躁怪僻的邪惡直線之外，對他來說，生命裡只存在像聖者那樣的禁絕慾念。我想到以惡作劇來擺脫這件事情。

「我希望您能諒解，經過昨天的事之後，我跟您沒什麼好說的了。」我說。

「我不懂你的意思。」

「別裝蒜了。她都告訴我了。否認也沒用。」

「我不懂你的意思。」矮個子又說了一遍，可是這次語調更有力。

我用愉快，而且還帶點友善的口吻說：「聽著，扎度勒斯基先生，我不想說你的不是。我自己也一樣，我也追女人，所以我了解。要是換了我，我也很樂意去勾引那麼可愛的一個女孩，尤其只有我跟她單獨在一個房子裡，而且她雨衣裡又是全身光溜溜的。」

這個矮個子臉色發白：「這是侮辱！」

「不，這是事實，扎度勒斯基先生。」

「是那位小姐這樣告訴你的嗎？」

「她什麼事都會跟我實說。」

「教授同志，這對我是侮辱，我已經結婚了！我有太太！有孩子！」這個矮個子往前跨了一步，逼得我往後退。

「這樣您就罪加一等了，扎度勒斯基先生。」

「您這話是什麼意思？」

「我的意思是說，結過婚還去追女人就罪加一等了。」

「請您把這句話收回去！」扎度勒斯基先生語帶威脅。

milan kundera

「可以！」我很寬宏大量地說。「結過婚還追女人，不一定罪加一等。不過那有什麼關係呢。我已經告訴過你，我不怪你，而且我完全能夠了解。可是有件事我還是不懂，就是你怎麼能夠請一個人幫你寫評論，同時卻去勾引他的女朋友呢。」

「教授同志！這是科學研究院贊助出版的《造型思維》雜誌的總編輯，文學博士卡魯茲克先生說的，他要您寫這篇評論，您就應該寫！」

「做個決定吧！是要我的評論，還是要我女朋友。你不能這也要，那也要。」

「您怎麼這麼不講理啊！」扎度勒斯基先生喊著說，他氣得不知道該怎麼辦。

奇怪的是，我突然有種感覺，覺得扎度勒斯基先生真的企圖勾引克拉拉。我大發脾氣，對著他大吼大叫：「你竟然敢教訓我？今天你一定要當著我秘書的面，跟我致上最深的歉意！」

我轉身背對扎度勒斯基先生，他很困惑，踉蹌地離開了辦公室。

「哼，來得正好！」打贏這艱苦的一仗，我不禁喘了一口氣。為了安撫瑪麗太太，我特別又加了一句：「我想他再也不會拿這篇評論來煩我了！」

一陣沉默之後，瑪麗小心翼翼地問我：

「你為什麼不幫他寫這篇評論呢？」

「瑪麗親愛的，因為他的文章狗屁不通。」

「那你為什麼不寫篇評論說它狗屁不通呢？」

「為什麼要我來寫？為什麼必須由我來樹敵？」

瑪麗太太寬厚地看著我，她臉上久久地掛著微笑，這時候，門又開了；扎度勒斯基先生又出現，他揚揚手臂，說：

「我們等著瞧，看誰該跟誰道歉！」

他聲音顫抖地吐出這幾個字，然後人又不見了。

7

我記不太清楚，我們是在同一天，還是過了幾天以後，才在信箱裡發現那封沒有寫地址的信箋。信封裡有封信，信上的字跡大大拙拙地，寫著：「女士！禮拜天請到我家來，我們要談一談我丈夫受辱的事！我整天都在家。要是您沒來的話，我就會採取必要的行動。安娜．扎度勒斯基。布拉格三區，達利摩羅瓦街十四號。」

克拉拉嚇到了，一直說我是始作俑者，要我為這件事負責。我反手一揮，不把她的懼怕當回事，而且宣告說，生活的意義正在於找樂子過日子，要是日子過得太閒散無味，就值得稍微用大拇指推一下，做點改變。人應該常常跨上馬鞍，駕馭還沒被馴服的駿馬，駕馭新的冒險人生，要是胯下少了這坐騎，就會像在僕僕風塵中拖著疲倦腳步前進的小步兵。克拉拉回答，她就是不打算冒險犯難，不想駕馭什麼。我向她保證，不需要她去見扎度勒斯基先生，也不需要她去見他太太，既然這是我自己選擇騎乘的冒險人生，我就會自己來馴服它，不會去麻煩別人。

早晨，我們要出門的時候，公寓的門房把我們攔下來。這位門房和我們不是敵對陣營。前一陣子，我還很識時務的給了他五十克朗[1]，從那個時候開始，我就很樂觀，相信他會刻意地放我一馬，不會火上澆油，不會像公寓裡其他的對頭冤家一樣。

【本書所有的註都是譯註】
1. 捷克貨幣名。

「昨天有兩個人來找您。」他說。

「誰啊？」

「一個矮冬瓜和他太太。」

「那太太看起來是什麼樣子？」

「她比那男的還高出兩個頭，是個精力充沛的女人，看起來很嚴厲。她問了很多事情。」然後他對克拉拉說：「尤其一直打聽您。她想知道您是誰，您叫什麼名字。」

「天啊，你是怎麼跟她說的？」克拉拉不禁叫了起來。

「我還能怎麼說呢？我怎麼會知道誰到教授家去了？我跟她說，每天晚上都有不同的女孩來。」

「這就對了！」我說。我從口袋裡掏出十克朗給他。「再有人問，你就還是這麼說！」

「別擔心，」接著我又對克拉拉說：「禮拜天妳哪兒都別去，他們找不到妳的。」

禮拜天到了，接著禮拜天的，是禮拜一、禮拜二、禮拜三。什麼事都沒發生。「妳看吧。」我對克拉拉說。

不過，禮拜四到了。我和平常一樣，避開別人的耳目上課；這天，我正在跟學生講解年輕的野獸派以無比的熱忱，而且以同心協力的大氣度，把色彩從印象派描述性的表現中解放出來，突然，瑪麗太太在這個時候推開了門，壓著嗓子對我說：「那個扎度勒斯基的太太來找你！」

「可是妳知道我今天不會到學校來的，把課表拿給她看。」

可是瑪麗太太搖搖頭，說：「我是這麼跟她說的，可是她往你的辦公室看了一眼，看到你的雨衣掛在衣架上。這下子她就不肯走了，一直要在走廊上等你。」

死胡同反而是我靈感泉湧的好地點。我對一個我喜歡的學生說：「你幫我一個忙好嗎？到我辦公室去，穿上我的雨衣，走出學校大門！會有一個女人硬要把你看成是我，可是你的任務就是極力否認。」

這位學生去了，大約十五分鐘以後回來了。他向我報告任務圓滿達成，那位太太飄然遠離，我可以暢行無阻了。

這次，我贏了。

可是禮拜五到了；晚上，克拉拉下班回到家，全身發抖。

原來，這天白天，在成衣工廠高雅的辦公室裡接待客戶的先生，突然打開作坊的門——在作坊裡，克拉拉和其他十五位女工正專心低著頭車衣服——他大聲喊著說：「妳們誰住在城堡街五號？」

克拉拉立刻明白這指的是她，因為城堡街五號是我的地址。還好，我之前不斷的在她耳邊灌輸要小心、要謹慎，這下她就沒有貿然承認，因為她知道她是秘密的住在我家，而且這件事和別人不相干。「看吧，我跟她說得沒錯。」這位接待先生看女工們沒有人回答，就自顧自說著，走了出去。後來克拉拉聽說，有一個口氣嚴厲的女人在電話中強迫接待先生去查所有女工的地址，她花了十五分鐘的時間，一直說服他一定有個女工住在城堡街五號。

扎度勒斯基先生的陰影籠罩在我們安詳寧靜的閣樓上。

「可是她怎麼會知道妳工作的地方？在這棟公寓裡，沒有人知道妳的事啊！」我提高了嗓子說。

的確，我真的相信沒有人知道我們平日的生活。我像個怪人一樣過自己的日子，自以為在高牆的掩蔽下避開了那些好奇打探的人的耳目，而沒有考慮到某些細節：這堵牆是透明玻璃造的。

我收買了門房，讓他不要洩漏克拉拉住在我家的事，我也強制克拉拉要極度隱密的過日子，但是儘管如此，整棟公寓還是都知道她的存在。這就足以露出口風了，有一天，她不小心和二樓的一位女房客聊了幾句，人家就都知道她在哪裡工作。

我們壓根沒想到，我們的事人家早就發現了。只有一件小事，追逼我們的那對夫妻還不知道：克拉拉的名字。幸虧保有這個小秘密，我們才能夠逃脫扎度勒斯基太太不屈不撓的追捕，她這種百折不回的奮戰精神，我一想起來就起雞皮疙瘩。

我明白事情變得很棘手；這一次，我真的得跨上馬鞍，出發去經歷冒險人生。

8

好啦，那是禮拜五發生的事。禮拜六，克拉拉下班回家以後，她又嚇得全身發抖。事情是這樣的：

扎度勒斯基太太在她丈夫的陪伴下，又來到了成衣工廠，他們昨天已經先打過電話來，要求廠長准許她和她先生來認認女工的臉孔。的確，這樣的要求讓廠長同志很錯愕，可是扎度勒斯基太太的態度，根本讓人無法不依她。她說了一些教人擔心的話，說到誹謗、生活被毀和控告。扎度勒斯基先生站在她旁邊皺著眉頭，沉默無言。

好吧，有人帶他們進了作坊。女工們淡漠地抬起頭，克拉拉認出了那個矮個子；她臉色發白，戰戰兢兢地繼續車衣服。

「兩位請吧。」廠長故意很諷刺地對這一對表情僵硬的夫妻彬彬有禮地說。扎度勒斯基太太了解她必須掌握主動權：「嗯，去看嘛！」她鼓勵著她的丈夫。扎度勒斯基先生抬起他陰鬱的眼光，前後左右四下環顧作坊。「她在這裡頭嗎？」扎度勒斯基太太低著嗓子問。

即使戴著眼鏡，扎度勒斯基先生的眼光也不夠敏銳，不能一眼看盡這個雜亂的處所，裡面充斥著一大堆舊貨，又有許多衣服掛在許多水平的桿子上，還有許多吵雜的女工，她們不會一直不動地把臉朝著門口的方向，有的背過身子、有的在椅子上不停晃動、有的站起來、有的轉過臉去。扎度勒斯基先生最後決定走進作坊裡，一個個查看。

這些女工發現有人在看她們，而且更糟糕的是，看她們的這個人一點也不吸引人，這時候她們都有一種受到侮辱的感覺，於是紛紛發出嘲笑、埋怨的聲音來表達她們的憤慨。她們之中有一個健壯的年輕女孩，肆無忌憚地喊著：「他到處

milan kundera

在找那個弄大他肚子的婊子。」

這些裁縫女工猛然哄堂爆笑，震住了這對夫妻，他們夫妻兩人還是畏怯而頑強的，以奇特的尊嚴挺住這一切。

「欸，妳這個做媽媽的，」那個粗魯的女孩又對扎度勒斯基太太喊著說：「怎麼不把你家的小毛頭管好！要是我有個這麼帥的兒子，我就不讓他出去了！」

「去看看啊！」太太悄悄地對丈夫說，而這個可憐的矮個子，又很害羞地一副憂悶不樂的樣子，一步一步地繞著作坊走一圈，好像他要走進一個會被人拳打腳踢、會被人欺凌辱罵的圍籬裡，可是他的步伐還是堅定，也沒有略過任何一張臉。

廠長陪在一旁看著這一幕，臉上一直帶著很中性的微笑；他了解他的女工，知道他管不了她們；他假裝沒聽到她們的喧鬧聲，問扎度勒斯基先生說：「咳，到底這個女人長什麼樣子？」

扎度勒斯基先生轉過頭來，看著廠長，很認真地慢慢說：「她很漂亮……她非常漂亮……」

在這段時間，克拉拉蜷縮在作坊一角，她頭低低的，神色不安，動作也顯得焦躁，正好和其他無法無天的裁縫女工形成強烈的對比。喔，她真的是不知道該怎麼裝出很平凡、很不顯眼的樣子！而現在，扎度勒斯基先生離她的縫紉機只有兩步遠；他隨時都會認出她！

「你光記得她長得很漂亮沒有用啊，」廠長同志很有禮貌地提醒扎度勒斯基先生。「很多女孩都很漂亮！她個子高還是矮？」

「個子高。」扎度勒斯基先生說。

「她是棕髮，還是金髮？」

「是金髮。」扎度勒斯基先生猶豫了一秒鐘之後回答。

我這一段描寫可以當作是一種寓言，說明「美就是力量」。扎度勒斯基先生在我家看到克拉拉的那一天，完全被她眩住了，以至於他根本沒看到她。「美」在他面前放置了一道不透光的隔膜，這個隔膜就像一層薄紗一樣遮蔽了她。

因為克拉拉個子不高，也不是金髮。扎度勒斯基先生之所以會覺得她高，是她的美涵蘊著高偉的風華，而美之光彩使她髮色金黃。

當這矮個子終於走到克拉拉那個角落時，她彎著腰，縮成一團，身上穿著棕色的工作服，忙著縫裙子的接片，他沒有認出她。他沒有認出她，因為他之前沒有看過她。

9

當克拉拉東一句西一句沒什麼條理、不清不楚地說完了這些以後，我對她說：「妳看吧，我們運氣真好！」

可是她卻一邊啜泣，一邊反駁我：「啊，這叫我們運氣好？就算他們今天沒有找到我，明天也會找到。」

「我倒想知道他們要怎麼找到妳。」

「他們會到這裡來找我，找到你家裡來。」

「不管是誰找我都不會開門的。」

「要是他們找警察來呢？要是他們堅持，迫使你招出我是誰？她說過她要提出告訴的，她要去告我誹謗她先生。」

「拜託！我才不會把這些當回事。這一切不過是開玩笑。」

「現在不是開玩笑的時候，人家把這件事看得越來越嚴重了；他們會說我想破壞他的名聲。別人看他那個樣子，怎麼會相信他企圖勾引女人？」

「妳說得有道理，克拉拉，」我說：「妳可能會被逮捕。」

「你老是說些不正經的，」克拉拉回答：「你知道我不能不小心。別忘了我爸爸是誰。我會被法院傳喚，就算只是被傳去問話，都會記錄在我的人事資料裡，那我就永遠沒辦法離開工廠了。噢，對了，我很想知道現在那件事怎麼樣了，你答應過要介紹我模特兒的工作。還有，我不想在你家過夜了，我怕人家找到這裡來，我要回去契拉科維斯。」

這是這一天第一場論辯。

同一天下午，在系務會議之後，還有另一場論辯。

個性寬厚的系主任是一位頭髮花白的藝術史家，他要我到他辦公室去。

「你剛剛登出來的那篇研究報告對你其實並沒有好處，我想這件事你自己應該知道吧？」他對我說。

「是的，我知道。」我回答。

「在學校裡，不只一個教授覺得自己成了箭靶，連院長也表示，這是在攻擊他的觀念。」

「那我該怎麼做呢？」我說。

「你不用做什麼，」系主任回答。「可是，你這個職位是每三年聘任一次。而你的期限快要屆滿，必定會有人來爭取這個職位。根據過去的傳統，教務委員會把這個職位保留給已經在學校裡任教的教授，可是以你現在的情況，你想人家還會尊重這個傳統嗎？不過，我想跟你說的不是這個。到目前為止，有個情況本來一直是對你有利的，就是：你老老實實地上課，很受學生的愛戴，而且學生能從你這裡學到東西。可是現在你也不能指望這個來保住職位。院長剛剛告知我，過去三個月，你都沒有上課，而且沒什麼正當理由。這一項就足以立刻和你解聘了。」

我對系主任解釋，我連一堂課也沒有荒廢過，這一切不過是開玩笑，而且我把扎度勒斯基先生和克拉拉的事說給他聽。

「很好，我相信你，」系主任說：「可是，就算我相信你，也無法改變什麼。現在整個學校都說你不上課。這個問題已經提送到工會去了，昨天還提送到教務評議委員會去。」

「可是為什麼沒有人找我談這件事呢？之前都沒有人直接跟我說！」

「你要人家跟你說什麼？一切似乎都很清楚。現在，他們徹查你過去所有的行為，想要找出你過去和現在的態度之間有什麼關聯。」

「他們從我的過去找得到不良紀錄嗎？您也知道我多麼喜歡我的工作。我從沒有缺過一堂課。我心安理得。」

「人的一生有多重的意涵，」系主任說：「以我們所表現出來的樣子，不管我們中間的誰過去是什麼樣子，他的一生都可以被寫成受人愛戴的國家元首，同樣也可以被寫成一個罪犯。就拿你自己的情況來說吧。開會的時候，我們不常看到你，即使你出席了會議，大部分時間你還是沉默不語。沒有人知道你心裡到底在想什麼。我自己都還記得，有幾次，大家正在討論一件嚴肅的事，你卻突然開了一個玩笑，讓大家都質疑你這個人怎麼這樣子。當然，這種疑惑很快就會被忘記，可是現在，當別人要從你的過去撈取一點東西的時候，這些事情就會突然有明確的意義。又例如，你還記得常有女人到學校來找你，你都要別人跟她們說你不在嗎！又例如，你上一篇研究報告，不管是誰都可以很肯定地說你那篇研究的立論點很有問題。當然，這幾件事其實是彼此不相干的；可是一旦他們拿你現在所犯的過錯來檢驗你的過去，這些彼此不相干的事就會凝聚成一個整體，正可以用來解釋你的心理和你的態度。」

「可是我犯了什麼過錯呢！」我叫了起來：「我要公開解釋這些事情的經過；只要是個人，他們一定會覺得這件事很好笑。」

「你想怎麼做就怎麼做吧。可是你會發現人並不像你想的那樣，或者說你根本還不了解人是什麼樣子。他們不會覺得這件事好笑的。要是你跟他們解釋事情真正的經過，他們不但會發現你沒有按照課表所規定的上課，也就是說你沒有做好你該做的事，他們還會認為你在私底下秘密地上課，也就是說你做了你不該做的事。他們還會發現你後來又侮辱一個來請你幫忙的人。他們還會發現你的生活放蕩，讓一個年輕女孩住在你家，沒有申報戶口，這些事都會讓工會那位女主席對你印象惡劣。這些事情一定會宣揚開來的，天曉得到時候還會引發哪些謠言。那些被你的觀點激怒，而恨不得找到其他事端來攻擊你的人，這可是個難得的好機會。」

我知道系主任並不是故意要嚇唬我，也不是要騙我走岔路，可是我把他看作是一個怪人，不想讓他擔心的這些事來影響我。既然我自己已經跨上了這匹馬，我就不容許別人從我手中奪去韁繩，帶我去他認為好的地方。我已經準備好要打一場硬仗。

馬匹是不會拒絕征戰的。我回到家以後，發現信箱裡有一封信函，傳喚我參加街道委員會下一次的會議。

10

街道委員會召開會議的地點，就在一間舊商店改造的屋子裡的一張長桌子上。一位戴著眼鏡，下巴後縮，頭髮花白就像是胡椒摻著鹽一樣的男人，對著我指了指一張椅子。我道聲謝謝，坐了下來，他就開始發言。他向我宣布，街道委員會已經注意我一段時間了，他們很清楚我的生活放蕩，所以我周遭的人對我的印象很不好；我住的那棟公寓已經有房客向他們申訴過一次，說我的房間傳出喧鬧的聲音，吵得別人整夜沒辦法闔眼；光是這件事，別人就對我這個人的觀感很差；再加上，扎度勒斯基女同志──她是一位學術研究工作者的太太，不久前也來請求街道委員會的幫助，她表示，早在六個月以前，我就應該為她丈夫的研究報告寫一篇評論，而我雖然明白他那篇研究報告的命運完全操縱在我手中，我卻一直沒有幫他寫。

「他那篇研究報告的水準其實並不高，只是拼湊一些既有的觀念！」我打斷這個下巴後縮的男人的話，告訴他這一點。

「這就奇怪了，同志，」這時候，一位三十來歲、穿著像個上流社會人士的金髮女郎，臉上貼著熱情的微笑（好像一旦貼上去就可以一勞永逸地永遠貼在臉

milan kundera

Směšné Lásky

上使用），插嘴說：「請准許我問您一個問題：您的專業是什麼？」

「藝術史。」

「那扎度勒斯基同志的專業是什麼？」

「我不知道。也許他也想在這個領域裡做研究吧。」

「你們看吧，」這位金髮女郎很亢奮地對街道委員會其他的成員說：「對這位同志來說，和他在同樣的專業領域裡做研究的人，並不是同志，而是競爭對手。」

「下面的我來說，」下巴後縮的男人臉朝著我，說：「扎度勒斯基女同志告訴我們，她的丈夫到您家裡去拜訪，在那裡遇到了另一個女人。根據您的說法，似乎這個女人後來指控他，表示扎度勒斯基先生試圖對她性騷擾。扎度勒斯基女同志當然握有一些確切的資料，可以證明她的丈夫沒有能力做這種事。她想要知道誹謗她丈夫的這個女人的名字，把她的訴狀呈到國家委員會的法院去，因為這個誹謗很可能會毀了她的丈夫，危害到他的生計。」

我還是努力把這個事件過度肥大的部分減除掉：「聽我說，同志們，」我說：「真的不必要花這麼多的精神在這件事情上。他那篇研究報告本身就很弱，根本不會有人寫評論推薦它的，不只是我不會而已。如果說這個女人和扎度勒斯基先生之間有誤會，其實也還不至於到需要召開會議的地步。」

「幸好，同志，我們的會議開不開不是由您來決定，」那個下巴後縮的男人對我說：「你現在聲稱扎度勒斯基同志的研究報告不值一顧，那我們就得考慮您這麼說是不是出於報復心理。扎度勒斯基女同志給我們看了一封信，那封信是您看過她丈夫的研究報告以後寫的。」

「對。可是在那封信裡，我一點也沒有提到他的報告寫得好。」

「沒錯。可是在您寫給扎度勒斯基同志的信裡，您說您很願意幫助他；您在信裡很清楚地寫著，您很看重他的研究。而現在您卻說這是一篇雜湊的文章。為什麼您不一開始就這麼寫？為什麼您不坦白這樣告訴他？」

「這位同志是個兩面人。」金髮女郎說。

這個時候，一個捲髮的老婦人加入了討論；她立刻就碰觸到問題的核心：「同志，我們希望您告訴我們，扎度勒斯基先生在您家遇到的那個女人是誰。」

我明白我自己完全沒有能力把這個事件荒謬的部分抽取掉，現在我僅剩一個解決的辦法：搗亂線索，把克拉拉和這些人遠遠隔開，帶他們走反方向，就好像山鶉會把獵狗引離牠的巢，犧牲自己的性命，拯救牠的小鳥。

「真不巧，」我說：「我已經不記得那個女人的名字。」

「啊？您不記得曾經和您住在一起的女人的名字？」那個捲髮的婦人問。

「您和女人相處好像有種固定的模式，同志。」金髮女郎說。

「我好像可以想得起來，不過我得想想。您知道扎度勒斯基先生是哪一天去找我的嗎？」

「是……請你等一下，」下巴後縮的男人看著他的資料，說：「是十四日，也就是星期三的下午。」

「十四日，星期三……等一下……」我兩隻手抱著頭，努力回想。「嗯，現在，我想起來了。是伊蓮。」我發現他們的眼睛全都集中在我的嘴唇上。

「伊蓮……好，然後呢？」

「然後？對不起，我不知道。我不想問她任何問題。老實說，我甚至不敢確定，她叫作伊蓮。我叫她伊蓮，是因為我覺得她丈夫頭髮紅得跟希臘神話中的斯巴達國王梅內拉斯一樣。我星期二晚上在一家舞廳認識她，趁她丈夫到吧台喝杯白蘭地的時候，和她搭訕了幾句。第二天她來看我，整個下午都待在我家。晚上，因為學校要開個會，我得離開她兩個小時。等我回到家，她就跟我嘔氣，她說有個先生來過一趟，想要騷擾她。她以為是我和他串通好的，她非常生氣，說她再也不願意聽到別人提到我一個字。所以，你們看，我根本沒有機會知道她真正的名字。」

「同志，不管您說的是不是真的，」金髮女郎說：「我實在覺得像您這樣的人不適合教育年輕人。在我們這個國家裡，您就只想要喝喝酒，勾引女人過日子嗎？我們一定會在上級面前表達我們對這件事的看法。」

「門房沒有提起一個叫作伊蓮的女人，」現在輪到捲髮的婦人說話了：「不過，他跟我們說到，有一個在成衣工廠上班的女孩已經在您那裡住了一個月，沒有去通報戶口。別忘了您只是個房客，同志！您以為您高興讓誰住，就可以讓誰住嗎？把您的住家當作妓院啊？要是您不告訴我們她的名字，警察是查得出來的。」

11

我腳下的土地塌陷了。我自己也開始感覺到之前系主任告訴我的那股帶有敵意的氣氛。當然，一時還沒有人來傳喚我，可是我到處都聽得到閒言閒語，瑪麗太太因為同情我，也跟我透露了一些她從辦公室裡聽來的事——辦公室裡不時會有些教授來喝杯咖啡，他們談話時常常不太留意別人的耳朵。幾天以後，法院就

Směšné Lásky

要召開會議，他們已經蒐集了各方的意見和觀點；我心裡想，法院的委員們正在讀街道委員會的彙報，對這份資料我只知道一件事，就是：它是秘密文件，我無法對它表示任何意見。

在人生裡的某些時候，必須要往後撤退。某些時候必須要放棄次要的陣地，以保住攸關生死的主要陣地。而我覺得我最主要的陣地是我的愛。是的，在這一陣混亂的日子裡，我突然體會到我愛我那位做裁縫的女孩，我真的是愛她。

那一天，我約她在教堂前碰面。不，不能約在家裡。因為那個家還是個家嗎？一個用玻璃牆造的房子還是個家嗎？一個被人用望遠鏡監視的房子還是個家嗎？在那房子裡你必須把你所愛的女人藏起來，就像藏走私貨一樣，那還是個家嗎？

所以在家的時候，我們不像待在自己家裡。我們好像擅自闖入一個陌生的地方，隨時可能被逮到，一聽到走廊有腳步聲響起，我們就鎮靜不下來，我們總是覺得會有人一直敲我們的門，很迫切、很不屈不撓地敲著。克拉拉已經搬回契拉科維斯住了，我們一點也不想和對方見個面，甚至只短暫地會面也不想，我們在我自己家裡彼此都覺得像是陌生人。所以，我向一個畫家朋友借了畫室來過夜。這一天，是他第一次把畫室的鑰匙交到我手上。

於是，我們能夠待在室內，在一個很大的空間裡，裡面只有一張小臥榻，以及一扇和屋頂呈仰角傾斜的大窗子，從這扇窗可以看見布拉格夜晚的燈光；屋子裡，有為數眾多的畫靠在長長的牆上，我們置身在藝術家放浪不羈的髒污與雜亂中，讓我突然感覺到從前那種美妙的自由感受。我躺在臥榻上，把開瓶器鑽進瓶塞裡，開了一瓶酒。自由、開懷，我不停地說著話，享受我們一起度過這個美麗的夜晚，以及美麗的夜。

只是，已經從我身上甩開的焦慮，仍然重重壓在克拉拉身上。

我之前提過，克拉拉曾經無所顧忌地在我家住了一段時間，甚至住得很理所當然。可是現在，我們在這個陌生的畫室裡只待了一下子，她就覺得非常不自在。何止是不自在。「我覺得好丟臉啊。」她說。

「有哪裡丟臉？」我問。

「你得跟別人借這個地方。」

「我跟別人借這個地方為什麼會讓妳覺得丟臉呢？」

「因為這是一件丟臉的事。」

「我們沒有別的辦法。」

「我知道，」她說：「可是在借來的地方，我覺得自己像妓女。」

「天哪！我們在借來的地方，為什麼會讓妳覺得自己像妓女呢？妓女通常在自己的家裡做，而不是在借來的地方。」

用理性來抨擊非理性所築成的堅固堡壘是沒有用的，就像大家所說的，女人的心靈就是這種非理性的堅固堡壘。從我們一開始討論這個問題，就有不好的預兆。

我把系主任所說的告訴克拉拉，我也把在街道委員會發生的事告訴她，我努力說服她最後我們一定能克服所有的難關。

克拉拉沉默了半晌，然後表示要我負起全部的責任。「至少，你要幫助我離開那家成衣工廠，好嗎？」

我回答，目前還是得暫時忍一忍。

「你看吧，」克拉拉說：「這是你答應過的事，而到頭來你什麼也做不到。現在，就算有別人願意幫助我，我也不能離開成衣工廠，因為你的錯誤造成我紀錄不良。」

我鄭重向克拉拉保證，我和扎度勒斯基先生之間的糾紛不會傷害到她。

「連我都沒有辦法了解，」克拉拉說：「為什麼你拒絕寫這一篇評論。要是你寫了，我們立刻就平安沒事。」

「克拉拉，現在說這些都太遲了，」我說：「要是我現在寫這篇評論，他們會認為我是想要報復才批評他的研究報告，這會讓他們更加憤怒。」

「那你為什麼要批評這篇研究？就寫一篇說好話的嘛！」

「我沒辦法這麼做，克拉拉。那篇研究實在太差了。」

「那又怎樣呢？你還真適合當個捍衛真理的人啊！你寫信給那個老頭說《造型思維》不看重你的意見，那難道不是謊言嗎？你跟他說他想要勾引我，那難道不是在說謊嗎？你捏造一個叫作伊蓮的人，那難道不是在說謊嗎？嗯，既然你已經撒了那麼多謊，再撒個謊，寫篇評論說說好話，對你又何妨呢？只有這個辦法能解決這一切。」

「妳看吧，克拉拉，」我說：「妳以為一個謊言和另一個謊言沒有什麼兩樣。那妳就錯了。我可以隨便撒個謊，愚弄別人，編各種謊言來哄騙別人，拿別人開玩笑，卻不覺得自己是騙子；這些謊言——如果妳要說這是謊言的話——代表了我，我本來就是這樣子；在這些謊言裡，我沒有刻意掩飾什麼，我說這些謊言其實是在說真話。可是有些事情，我沒辦法撒謊。有些事情我對它有深入了解，我了解它的意義，而且是我所愛的。我不會拿這些事情開玩笑。在這件事情上撒謊，等於是我自甘墮落，我不能這麼做，妳不要教我做這件事，我做不到的。」

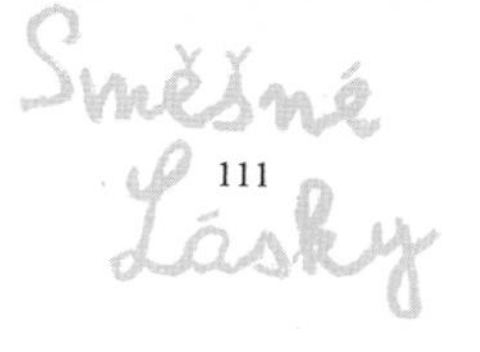

我們彼此不諒解。

可是我真的愛克拉拉，我決定盡力而為，好讓她不怪我。第二天，我寫信給扎度勒斯基太太，我約她隔天兩點鐘在我的辦公室見面。

12

扎度勒斯基太太還是跟她平常一樣行事一絲不苟，兩點整準時來敲我辦公室的門。我開了門請她進來。

終於我和她見了面。她是個身材非常高大的女人，在她像村婦一樣削瘦的長形臉上，兩顆淡藍色的眼珠子分外突出。

「把大衣脫掉吧。」我對她說，她動作笨拙地脫掉了她深褐色的長大衣，她這件大衣腰圍的地方很窄，剪裁很奇怪，我覺得看起來像一件式樣老舊的軍外套。

我不想第一個出招；我想讓對手先攤牌。等扎度勒斯基太太坐下來以後，我用幾句話激她來討論那個話題。

她的聲調嚴肅，口氣裡卻沒有挑釁的意味，她說：「您知道我為什麼會來找您。我先生一向對您非常地敬重，敬重您的人品以及您的專業知識。他完全仰仗您的評論，而您卻拒絕為他寫這篇評論。我先生花了整整三年的時間在這個研究上。他的日子過得比您還艱苦。他本來是個老師，每天要到六十公里以外的鄉下去教書。去年是我要他別再教書了，好專心從事他這項研究。」

「扎度勒斯基先生沒有工作？」我問。

「沒有……」

「那你們靠什麼過日子？」

「目前暫時要靠我來維持收支。研究工作，是他非常熱中的事。您不知道他多麼認真做這個研究，您不知道他寫了多少頁。他常說，一個真正的學者總是要寫三百頁才能得到三十頁的成績。然後卻冒出那個女人。請您相信我，我了解我先生，他絕對不會做那個女人指控他做的那些事，請那個女人來和我們當面對質吧！我了解女人，很可能是因為她喜歡您，而您不喜歡她，所以她才想讓您吃醋吧。請您務必相信我，我的先生絕對不敢那麼做的！」

我聽著扎度勒斯基太太說話，突然我心裡有個奇異的感覺：我忘記了是因為這個女人，我才被迫離開學校；我忘記了是因為這個女人，我和克拉拉之間的關係才有了陰影；我忘記了是因為這個女人，我才會度過這麼一段憤怒、痛苦的日子。她和這件事情的關聯（我們兩個人在這件事情裡都只是可悲的小角色），似乎只是模糊、鬆垮、偶發的關係罷了。我突然了解到，我以為我們可以駕馭這一場奇遇，可以自行操控這整個過程的，那不過是我的幻想罷了。可能這一場奇遇根本就不「屬於我們」，可以說是有什麼東西「從外面」強制加在我們身上。不管從哪一方面來說，它都不能代表我們自己。我們對它這整個奇異的過程都不需負責任。是它推著我們前進的，不知道哪來的一股奇特的力量，不知道要引導我們到何方。

然而，當我看著扎度勒斯基太太的眼睛時，我覺得她的眼睛看不出來我這一切心理轉折，她的眼睛根本什麼都沒有看到；它只是在她臉上浮蕩游動。

「也許您說得對，扎度勒斯基太太，」我用很寬厚的口吻說：「也許是我的女朋友說謊。可是您也知道，一個吃醋的男人是什麼樣子；我相信她的話，結果腦筋錯亂。不管是誰都有可能發生這種事。」

「是啊，當然是這樣。」顯然，扎度勒斯基太太放下了心裡的大石頭，她說：「既然您自己也明白了這一點，那就好。我們本來很怕您太相信這個女人。她很可能毀了我丈夫的一生。我指的不是這件事讓我先生在道德上有瑕疵，對這一點，我們還可以受得了。但是我先生非常看重您要寫的那篇評論。雜誌社的編輯向他強調，他們就看您的意見了。我先生相信，要是他這篇研究報告登了出來，那他終於就可以算是進入了學術界。現在一切都澄清了，那您可以幫他寫這篇評論了嗎？能不能麻煩您盡快寫？」

我報仇的時刻，以及平息我怒氣的時刻終於來臨，可是在這個時候，我卻一點怒氣也沒有，而我之所以會對扎度勒斯基太太說以下這些話，實在是因為我再也沒辦法不講了：「扎度勒斯基太太，關於寫這篇評論，真的是有困難。我想坦白跟您解釋是怎麼回事。我最討厭當著別人的面說些不好聽的話，這是我的弱點。我極力避免和扎度勒斯基先生見面，我以為他最後一定會明白我為什麼不見他。真正的問題在於，他的研究報告太弱了。沒有什麼學術價值。您相信我說的嗎？」

「這件事我很難相信。不，我不相信。」扎度勒斯基太太說。

「首先，這份研究報告沒有自己的創見。您了解這個意思嗎？一位學者總要有些新的想法；一位學者不能抄襲別人已經寫過了的東西。」

「我先生確實沒有抄襲別人的文章。」

「扎度勒斯基太太，妳應該也讀過他……」我想繼續說下去，可是扎度勒斯基太太打斷了我的話。

milan kundera

「沒有，我沒有讀過。」

我很訝異，說：「那麼，請您去讀一讀。」

「我的眼睛很差，」扎度勒斯基太太說：「我已經有五年沒有讀過一行字了，可是我不必讀也知道我先生的操守如何。這種事情可以感覺得到，不需要讀他的報告就可以知道。我了解我先生，就像母親了解孩子一樣，對他的一切我都很了解。我知道他所做的一切都出於良心。」

我不得不表現得態度更惡劣，我念了扎度勒斯基先生寫的幾段報告內容給她聽，這幾段分別剽竊自不同學者的觀念。當然，他不是故意去剽竊，而是扎度勒斯基先生過度真心地敬重權威，而盲目地接受了這些權威的觀念。只是，任何嚴肅的學術性刊物都不會刊登他這篇研究報告。

我不知道扎度勒斯基太太有多注意聽我這番解釋，我不知道她聽進去了多少，聽懂了多少。她很柔順地坐在扶手椅上，很聽命、很服從，像個軍人一樣知道自己不能擅離崗哨。我跟她談了大半個小時。然後她從扶手椅上站了起來，用她清澄的眼睛注視著我，語調平直地向我道歉。可是我知道她並沒有對她先生失去信心。她要怪只能怪別人，也就是怪她自己不知道要怎麼駁斥我這些她聽起來含糊不清、曖昧難懂的論辯。她穿上了她的軍外套，我知道這個女人是個軍人，在心靈和肉體上都是個軍人，是一位悲傷而忠心的軍人，一位因為長期征戰而顯得疲憊的軍人，一位不了解軍令的意義卻毫不反抗的服從到底的軍人，一位被擊敗了而在名譽上卻沒有污點的軍人。

13

「現在，妳沒有什麼好擔心的了。」我在達爾馬提亞的小酒館裡對克拉拉這麼說。在這之前我已經把我和扎度勒斯基太太的談話告訴了她。

「我也不覺得我有什麼好擔心的。」克拉拉回答得很自信，反而讓我吃了一驚。

「妳怎麼這麼說？要不是為了妳，我是不會去和扎度勒斯基太太見面的！」

「你和她見面是好事，因為你對這些人所做的很惡劣。卡魯茲克博士說，一個聰明人很難了解怎麼會這樣。」

「妳什麼時候見過卡魯茲克？」

「反正我就是見過他了。」

「妳把事情都告訴他了？」

「那又怎樣？這難道是個秘密嗎？現在我完全了解你是個什麼樣的人。」

「喔，是嗎？」

「你要我告訴你，你是個什麼樣的人嗎？」

「請說。」

「你是一個厚顏無恥的老古板。」

「是卡魯茲克跟妳這麼說的嗎？」

「為什麼要卡魯茲克說？你以為我自己沒能耐明白真相嗎？你以為我看不透你存什麼心嗎？你喜歡撒謊牽著別人團團轉。你答應要幫扎度勒斯基先生寫一篇評論……」

「我從來沒有答應要幫他寫評論……」

「那我呢，你答應要幫我換個工作的。可是，你卻利用我來對付扎度勒斯基先生，再利用扎度勒斯基先生來對付我。不過我可以告訴你，我還是會得到那個工作的。」

「是卡魯茲克幫的忙？」我努力表現得很輕蔑。

「反正不是你幫的忙！你這個人早就名聲掃地了，你自己甚至不知道你名譽掃地到什麼地步。」

「那妳呢，妳知道嗎？」

「是的，我知道，你不會再收到聘書了，如果人家讓你到鄉下去當個美術館職員，你就要感激不盡了。不過你要知道，這一切都是因為你自己的錯。如果我能給你什麼建議的話，我會建議你以後最好做人誠懇一點，不要撒謊，因為女人是不會敬重說謊的男人的。」

她站起身來，握了一下我的手（顯然這會是最後一次），然後她便轉身離開。

過了好一會兒，我才了解到我的故事（儘管我四周是一片淒冷的寂靜）不是悲劇，而應該是喜劇。

這多少讓我覺得安慰。

milan kundera

代表永恆慾望的金蘋果

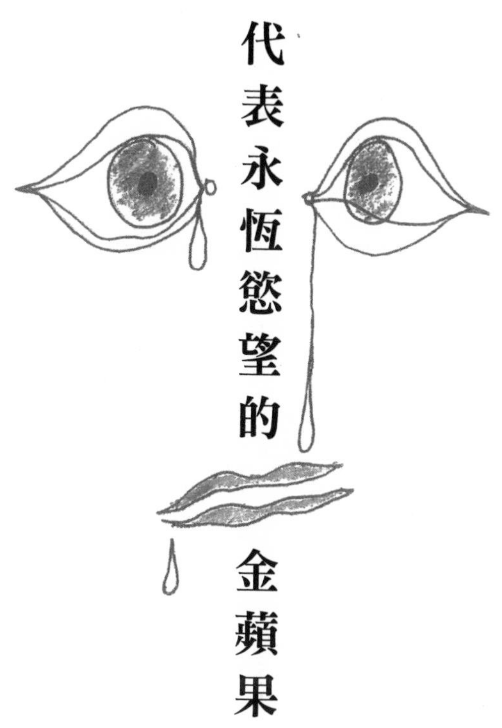

Směšné Lásky

馬丁

馬丁能做一些我做不出來的事，他可以隨便在哪一條街上和隨便哪一個女人搭訕。我必須承認，我認識他以後（我們已經認識好一段時間了），他的這個能力帶給我不少好處，因為我和他一樣也喜歡女人，可是我沒他那麼大膽、那麼帶勁。可是在另一方面，馬丁錯就錯在，他只把和女人搭訕這件事，當作是一種技巧的鍾鍊，他的目的也僅止於此。所以，他常常不免帶點酸氣地比喻自己是足球賽裡的前鋒，很慷慨地把穩當的球傳給隊友，讓隊友輕鬆踢進一球，便宜贏得榮耀。

禮拜一下午，我下班以後，就到聖-凡瑟拉斯廣場附近的咖啡館去等他，專心地讀著一本厚重的德文書，這是一本講述「伊特魯立亞古文明」的書。大學圖書館為了我去跟德國的圖書館借這本書，花了幾個月的時間才借到；而我也是這天才終於拿到書，所以把它視為一件神聖的物品隨身攜帶。其實我滿高興馬丁讓我等那麼久，讓我可以在咖啡桌上瀏覽這本嚮往已久的書。

每當我懷想這古老文化，就有一股鄉愁油然而生。是鄉愁，也是一種渴慕，一想到那個時代的歷史何其緩慢悠長，我就心生渴慕。古老的埃及文化綿延了幾千年，古希臘也維繫了將近千年的時間。就這一點，一個人一生的歷程也仿照歷史：剛開始的時候好像是靜止似地緩慢挪移，然後，一點一點地越來越快，加速行進。兩個月以前，馬丁才過了他的四十歲生日。

開始有豔遇

就是他打斷了我的思緒。他突然從門口那扇玻璃門出現，向著我走過來，卻對著另一張桌子扮鬼臉、做手勢，原來那張桌子坐著一個年輕女孩，她面前擺著一杯咖啡。他在我旁邊坐下，眼睛卻一直放在她身上，他問我：「你覺得那個怎樣？」

我很慚愧。真的！我剛剛一直專心地泡在我的書本裡，一點也沒注意到那個年輕女孩；我不得不說她很漂亮。這個時候，她直起身子，伸手招呼打著黑蝴蝶領結的服務生：她要結帳。

「你也要結帳了！」馬丁命令我。

我們本來以為要追到街上才追得上她，還好我們運氣不錯，她在衣帽間耽擱了。她有個袋子寄放在這裡，服務人員到裡頭去找了一陣之後，才把袋子拿到櫃台上放在她的面前。女孩子拿了幾個一角的硬幣給服務人員，這時候馬丁突然搶去我手中那本厚重的德文書。

「把書放在那裡面，」他從容大度地表示，一邊小心翼翼地把書放進這個女孩的袋子裡，她似乎很錯愕，卻不知道要說什麼。

「這東西放在手上不好拿。」馬丁接著說，而且他還怪我不會幫她提一下袋子，人家女孩子都準備要自己提了。

這個女孩是鄉下一所醫院的護士。她只在布拉格逗留一會兒，現在就要趕去搭車離開。陪她到電車停靠站的這段時間，已經夠我們了解她的基本資料，我們約好了禮拜六下午到B鎮找她。到時候這位漂亮的小妞一定會有漂亮的同事，馬丁還特別對我強調這件事。

電車緩緩地抵達。我把袋子還給女孩，她作勢要把書拿出來，馬丁卻一本正經的阻止了她；他要她禮拜六再還我們，而且要她趁這段時間翻翻看看……她很尷尬地笑了。她坐上電車，我們向她揮手道別。

我還能怎麼樣呢。我期待這麼久的一本書突然跑到別的地方去了；一靜下來想這件事，還真教人生氣；可是也不知道哪來的瘋勁，倏忽展開翅膀把我高高揚起。馬丁一分鐘也不浪費，開始為禮拜六下午和禮拜六到禮拜天夜裡的外出找藉口，好瞞過他的太太（因為：馬丁已經結婚，而且糟糕的是，他很怕她；更糟糕的是，他會擔心她）。

成功地鎖定方位

為了這次遠征，我去借了一輛拉風的飛雅特。禮拜六下午兩點，我到馬丁家門口去接他，他正在等我，我們立刻就上路。那時正值七月，天氣非常炎熱。

我們想盡快抵達B鎮，不過，途經一個小村莊時，看見了兩個穿著游泳短褲、頭髮還溼淋淋的年輕人，於是我把車子停下來。小湖在不遠的地方，就在一排房子的背後。我需要讓自己涼快一下，馬丁也同意。

我們換上游泳褲，跳進水裡。我很快游到了對岸，馬丁卻只把身體浸溼，抖幾下，就離開水中。我又從對岸游了回來，正要上岸的時候，發現馬丁不知道在看什麼，看得入神。岸上，有一群小孩鬧哄哄地嬉戲，有幾個當地的年輕人在更遠一點的地方玩球，可是馬丁兩隻眼睛直直盯著一位身材曼妙的年輕女孩，她背對著我們，離我們大概有十四、五公尺。她一動也不動地凝視水面，這幅靜止的畫面好迷人。

「你看。」馬丁說。

「我看到了。」

「你覺得怎麼樣？」

「什麼怎麼樣？」

「你沒有覺得怎麼樣嗎？」

「總得要她轉過來，看個正面吧。」

「我不需要看正面。她這個角度我就很受用了。」

「就算是吧！可是我們要走了。」

「鎖定方位，」馬丁回了我一句：「鎖定方位啊！」說著，他走向一個穿游泳褲的小男生。「喂，小朋友，請問一下，你知道那個女孩子叫什麼名字嗎？」他指著她，那女孩一直維持著同樣的姿勢，似乎對周遭的一切完全麻木。

「那邊那個嗎？」

「對，就是那個。」

「她不是這裡的人。」小男生說。

於是，馬丁又去問一個就在我們附近做日光浴的小女孩，她大約只有十來歲。

「小朋友，妳知道站在湖邊那個女孩子是誰嗎？」

小女孩順勢坐了起來：「那個嗎？那裡的那個？」

「對。」

「那是瑪麗。」

「瑪麗？她姓什麼？」

「瑪麗・巴內克，她是普茲達尼那裡的人……」

那年輕女孩一直坐在小湖邊，背對著我們。這時候她彎腰去拿她的泳帽，她站直身子，把泳帽戴在頭上。馬丁走回我旁邊，說：「那女孩叫做瑪麗・巴內克，住在普茲達尼。我們現在可以走了。」

馬丁此刻完全是一副若無其事、心神安定的樣子，看得出來他現在一心只想繼續我們的旅程。

一點點理論

這就是馬丁所謂的「鎖定方位」。他從他諸多經驗裡獲得的結論是，對那些亟需在數字上保持輝煌成績的人來說，最困難的不是怎麼「勾引」一個女孩子，而是怎麼「認識」夠多的女孩，等著他來勾引。

所以他認為我們有必要經常——無論在什麼地方、在什麼情況下——有系統的鎖定女孩子的方位。換句話說，就是要把吸引我們的女孩子的名字記錄在小冊子裡，或是記在腦海中，以便日後有機會「搭上」她。

「搭上」女孩子，是一種高層次的活動，表示我們和這個或那個女孩有了接觸，有機會認識她，比較容易接近她。

那些喜歡回顧過去的人，就愛吹噓他「征服」過多少女人；而那些眼睛看前面、放眼未來的人，首先會留意他已經「鎖定好方位」的女人、已經「搭上了」的女人夠不夠多。

搭上了之後呢，還有最後一個高層次的活動。為了讓馬丁高興一下，我滿樂於在這裡強調，那些只嚮往最後這個高層次活動的人，實在是可憐的下等人。他們總讓人想起鄉下的足球選手，只會頭低低的一個勁兒攻向對方的球門，而忘了光靠射門的強烈慾望，是沒辦法踢進一球的（或是多踢進幾球）。要進球得分，得先在球場上放點心思地玩，好好籌謀一番。

「你想你哪天會有機會到普茲達尼去找她嗎？」再次啟動車子上路的時候，我這麼問馬丁。

「這種事很難說。」他回答。

「反正，」我表示我的意見：「我們今天一開始就有好兆頭。」

玩樂與必然性

我們情緒高昂的來到了B鎮的醫院。這時候大約是下午三點半。我們在傳達室撥電話給我們那位護士。不一會兒，她就下來了，戴著護士的頭巾，穿著白色的制服；我注意到她臉紅了，心想這是一個好徵兆。

馬丁立刻開口說話，而女孩告訴我們，她晚上七點下班。她請我們七點在醫院門口等她。

「妳有沒有跟妳的同事提過？」馬丁問，女孩子點點頭，說：

「嗯，我們到時候會有兩個人。」

「太好了。」馬丁說：「可是能不能先讓我這位朋友看看對方是哪一位。」

「好，」女孩子說：「我帶你們去偷瞄她一眼。她在外科。」

我們慢慢走過醫院中庭，我很不好意思地問：「我那本書還在妳那兒吧？」

女孩子點點頭：書還在她這兒，而且就在醫院裡。我大大鬆了一口氣，堅持

milan kundera

要她先去拿書。

當然，馬丁覺得這樣不妥，說我怎麼可以公然表示先要那本書，而不是先去看人家要幫我介紹的女孩子；可是這我也沒辦法。我得承認，這幾天我的日子很不好過，因為那本講伊特魯立亞文化的書不在我眼前。我費了好大的力氣才忍了下來，沒有發牢騷，因為再怎麼樣我也不想糟蹋這個玩樂的機會，從我年輕時代開始，我就一直很看重這種玩樂的價值，把我個人所有的興趣和慾望都投入其中。

我很高興書又回到我身邊，馬丁則不停地和那女孩講話，他們甚至已經談到了，她答應幫他向一位同事借那幢位於霍特湖邊的小屋。我們三個人都非常滿意，一起往外科診療室那棟綠色的小房子走去。

就在這時候，一位護士陪著一位醫生從中庭的另一個方向正對著我們走過來。這醫生長得高高瘦瘦的，好笑的是他那一對招風耳讓我很著迷。我們這位護士用手肘頂了我一下，我忍不住輕聲笑起來。等那兩個人走遠了以後，馬丁轉過頭來對我說：「老兄，你運氣不錯。你實在配不上這麼正點的女孩！」

我不敢說剛剛我只注意到那位高高瘦瘦的醫生，我只好隨口迎合他的意見。然而，在我來說，這一點也不是虛偽。我信任馬丁對女人的鑑賞力更勝於我自己的，因為我知道他的鑑賞力是建基在「興趣」之上，而他的興趣比起我的來更加廣博。我喜歡一切有理序而客觀的事物，包括對感情的態度也是如此，而且我一向重視行家的意見，甚於一個玩票的人的意見。

有些人可能會說，像我這樣一個離了婚的男人，而且正在敘述自己的一件韻事（這類的韻事肯定不是偶爾發生一次），竟把自己歸類為只是個玩票的人，這顯然就是虛偽。但不管怎麼說，我還是個玩票的人。這大概可以這麼形容吧：我是「玩」，馬丁則是「過日子」。

偶爾，我會覺得我這種多重伴侶的生活，其實是模仿別人而來的。可是我無法否認，在這種玩樂裡有某種完全自由、沒有負擔、隨時可以抽身的成分，有一點「去參觀美術館」、或是「見識異國景觀」的味道，一點也不遵守「非得如此不可」的絕對律令。不過，我感覺得到，馬丁私底下的性愛生活就依循這種「非得如此不可」的絕對律令。而我最佩服馬丁的一點，就是他的這種「非得如此不可」。他對某個女人所下的斷言，在我就像是自然界本身所下的斷言，是大自然的必然性藉著他的口來發言。

milan kundera

家的光環

我們從醫院裡出來以後，馬丁很來勁地對我說一切進行得真順利。然後他又說：「可是晚上我們要稍微趕一下。我想九點鐘回到家。」

我一聽可愣住了：「九點？意思是說，我們八點就得離開這裡！這樣的話，我們幹嘛跑這一趟！我還以為我們要待一整夜呢！」

「為什麼你要把它想成我們來這裡就是浪費時間？」

「開了一個小時的車來，又什麼都不能做。你說，七點到八點之間你能幹嘛？」

「要幹嘛都可以。你剛剛也聽見了，我借到了一間小屋。所以呢，一切都上了軌道，會很順利的。現在就看你自己了，你得要表現出你態度很堅定。」

「那你能不能告訴我，為什麼你一定要在九點回家？」

「我答應喬琪的。我們每個星期六晚上睡覺以前，都會一起玩牌。」

「天哪！」我嘆了一聲。

「喬琪昨天在辦公室又嘔氣了，你說我怎麼能剝奪她星期六的這個小小的娛樂？你也知道，她是我認識的女人裡最棒的一個。」

他接著又說：「何況，你應該很高興回到布拉格還有一整個晚上可以玩。」

我知道再跟他爭也沒用。馬丁很在意他太太的心情，他這一點擔憂是沒辦法紓解的；而且，什麼也動搖不了他的信心，他堅定的相信每個小時、每一分鐘一定都存在著數之不盡的性愛可能。

「來吧，」馬丁對著我說：「從現在到七點，還有三個小時的時間。我們別閒著了！」

一種妄想

我們沿著公園裡一條寬闊的道路走，這條路是當地居民散步休閒的地方。我們仔細打量好幾個結伴同行的年輕女孩，有的就從我們身邊走過，有的就坐在公園長椅上，可是她們的長相我們都不夠滿意。

馬丁還是搭上了其中兩個女孩子，和她們聊起來，甚至還約好了下次見面，可是我知道，他根本不是認真的。這就是他所謂的「搭訕技巧練習」，馬丁怕技巧生疏了，時常這麼練習。

因為沒有什麼特別讓人有興致的，所以我們離開了公園，到街上去。鄉下小

milan kundera

鎮的街道只是一片沉寂，窒悶無聊。

「我們去喝點東西吧，我渴了。」我對馬丁說。

我們找到了一家招牌上寫著「咖啡館」的小店。我們走進店裡，可是這竟然是一家自助式的店，牆上鋪著瓷磚，感覺上冷冰冰的，似乎不太歡迎顧客上門。我們走到櫃台去，向一位看起來就討厭的太太買了糖水，然後我們在一張沾著醬汁的桌子旁邊坐下，這桌子看了就讓人想趕快離開。

「別去注意那些，」馬丁說：「醜陋的事物在我們的世界裡有它正面的作用。沒有人願意在一個地方停滯下來，人們都是一到某個地方，就急著要離開，這使得生命具有一種如其所願的節奏。可是我們不要被這種情況所擺布。在這家醜陋而安靜的小店裡，我們可以談很多事情。」他喝著他的檸檬水，問我：「你搭上醫學院那位女生了沒有？」

「當然有囉。」我說。

「那她怎麼樣？說來給我聽聽。」

我把她形容給他聽，這一點也不困難，因為這位女學生根本不存在。沒錯。以後也許這會帶給我一些麻煩，但是目前的情況就是這樣：我捏造了一個女學生。

請大家相信我：我這麼做絕對不是出於惡意，不是為了在馬丁面前炫耀，也不是存心騙得他團團轉。我捏造這個醫學院女生，只是想擋一擋馬丁不斷的追問。

馬丁一心認定我有很多的社交活動。他相信我每天都會遇到很多新的女人。他眼中所見的我，並不是本來的我；要是我坦白對他說，我一整個禮拜都沒交往過什麼新的女人，甚至連接近都沒接近過半個，他就會覺得我很虛偽。

所以，幾天前，我被迫跟他說，我「鎖定」了一個醫學院的女生。馬丁一副很滿意的樣子，鼓勵我去搭上她。這天，他就是在檢視我的進度。

「她大概是在哪一級的水準？是和誰同一級的……」他閉起眼睛，在黑暗中尋求一個衡量的標準；他想到了我們共同的一位女性朋友：「是希薇爾那一級的嗎？」

「比她更棒。」我說。

馬丁很訝異，說：「你不是開玩笑吧……」

「是你的喬琪那一級的。」

對馬丁來說，他自己的太太是女人中最高的標準。馬丁非常滿意我的報告，霎時陷入了夢幻情境中。

成功地搭上了

然後，這家店裡來了一位穿著絨布長褲的年輕女孩。她走到櫃台前，等著拿她的糖水。然後，她走到我們旁邊的那張桌子，站著喝她的飲料。

馬丁轉過去跟她說話：「小姐，我們是從外地來的，想請教妳一個問題。」

女孩子笑了一下，她長得很漂亮。

「天氣又悶又熱的，我們不知道該怎麼辦……」

「可以去游泳！」

「對呀，可是我們不知道這裡的游泳池在哪裡。」

「這裡沒有游泳池。」

「怎麼可能？」

「本來是有一個游泳池，可是已經一個月沒水了。」

「河邊可以游嗎？」

「河邊正在疏濬。」

「還有哪裡可以游泳？」

「只能到霍特湖去了，不過那裡離這裡有七公里。」

「沒關係，我們有車子，只要妳願意帶我們去。」

「妳來當我們的領航員。」我說。

「不如說是我們的嚮導。」馬丁說。

「是指引我們方向的星光。」我說。

這女孩子不知道該怎麼辦，最後還是答應了陪我們去。可是她還要去辦一點事情，也還得去拿她的游泳衣。我們約好了一個小時以後再到這裡碰頭。

我們兩個人很高興。出神地看著她款款擺動著臀部，飄晃著黑色的捲髮，漸漸走遠。

「看吧，」馬丁說：「人生苦短，得好好把握每一分鐘。」

頌讚友誼

我們又到公園去，去察看那些結伴坐在長椅上的年輕女孩。可是，情況常常是：要是其中一個女孩長得不錯，她旁邊那個女孩總是長得不怎麼樣。

「大自然有它自己一套奇怪的定律，」我對馬丁說：「長得醜的女孩就會想從長得好看的朋友身上沾光，而長得好看的女孩就希望有長得醜的女孩來襯托；由此可見，我們的友誼會不斷地受到這種考驗。而我覺得驕傲的是，我們在決定要挑哪個女孩的時候，不會隨便碰上了就算數，也不會有彼此競爭的心理。對我們兩個來說，選擇女孩是一個和禮儀有關的問題。我們都會把最漂亮的女孩禮讓給對方，而且我們就像兩個跟不上時代的老先生，因為彼此一直禮讓，想讓對方先走進房門，以至於兩個人都進不了門。」

「是啊，」馬丁很帶感情地說：「你是個真正的朋友。來吧，我們坐一會兒。我腿痠了。」

我們坐了下來，身體微微往後仰，太陽照在臉上。我們暫時任由周遭的世界如常運轉，在這短短幾分鐘的時間裡，我們不想去操心這世界上的事。

公園長椅的年輕女孩

突然，馬丁站了起來（顯然是被一種神秘的感覺所驅動），眼睛凝視著公園一條偏僻的小徑，一位穿著白色洋裝的年輕女孩正好從那邊走過來。雖然隔著一段距離，還沒辦法看清楚她的身材和五官，可是我們已經感覺到她有一股特殊的魅力，有一種很難捕捉的韻味；似乎非常清純，也彷彿非常溫柔。

當她從我們旁邊經過時，我們發現她年紀很輕。不像個小孩，也不像個少女，但立刻就讓我們變得毛毛躁躁的。馬丁倏忽直直站在她面前，說：「小姐，我叫作弗曼，是個導演。妳知道的，電影導演。」

他伸出手來，跟女孩握手，女孩的眼神裡充滿了訝異。

馬丁轉過頭來向著我，說：「這位是我的攝影師。」

「我叫作翁狄賽克。」我說。現在是我伸出手來。

女孩點頭致意。

「我們遇到了一點麻煩，小姐。我到這裡來為我下一部電影找外景。我有一個助手，他對這裡很熟，本來他應該在這裡等我們的，卻一直沒看見他來。所以，我們現在不知道該到這小鎮哪裡，或是到這附近哪裡去走走。我的這位攝影師，」馬丁開玩笑地說：「一直在研究他那本厚厚的德文書，可惜，他什麼有用的資訊也沒找到。」

他這樣子嘲弄這本離開我整整一個禮拜的書，讓我很光火。我忍不住反駁我的這位導演：「真是遺憾啊，你對這本書不太感興趣。要是你事先認真做好準備，不要把所有找資料的工作留給你的攝影師，你的電影可能就不會那麼膚淺，犯的錯也許也會少一點。」接著，我向那個女孩子表示歉意：「對不起，小姐。我們不想在妳面前為我們工作的事吵架；事實上，我們正在籌備一部歷史片，是關於波希米亞的伊特魯立亞文化。」

「喔。」她點點頭。

「這是一本非常有意思的書，妳看！」

我把書拿給女孩，她恭恭謹謹把書接過去，態度非常虔敬，她看我一副鼓勵她翻翻看的樣子，便漫不經心地翻了幾頁。

「我想帕契克古堡應該離這裡不遠，那個古堡是捷克伊特魯立亞文化的中心地，可是那古堡要怎麼去？」我問。

「那離這裡很近。」女孩子說，這時候她忽然活潑起來，因為她知道到帕契克古堡的路怎麼走，而這讓她在這些不太聽得懂的模糊對話中，終於有一件確定的事。

「是嗎？妳知道那個古堡在哪裡？」馬丁假裝鬆了一口氣。

「當然，」她說：「那離這裡一個小時的距離。」

「妳是說走路嗎？」馬丁問。

「嗯，走路。」她說。

「可是我們有車子。」我說。

「妳來當我們的領航員。」馬丁說。可是，這個時候我不想繼續玩我們例行的文字接龍，因為對人的心理，我比馬丁看得準一點。我覺得如果我們在這女孩面前耍嘴皮子，反而壞事，保持嚴肅才是我們致勝的王牌。

「小姐，我們不想耽擱妳的時間，」我說：「可是如果妳願意好心的花一兩個小時的時間，帶我們到這附近我們想看的地方走走，我們會非常感激的。」

「可以啊，」女孩子又點點頭，她說：「我很願意帶你們去，可是……」我們一直到這時候才注意到她手裡提著一個購物袋，裡面裝著兩顆萵苣……「我要先把菜拿回去給媽媽，不過我們家很近，我等一下再過來。」

「好，妳先把菜拿回去給妳媽媽，」我說：「我們在這裡等。」

「好，我最慢十分鐘就回來。」她說。

她又點了點頭，急急忙忙地離開。

「媽的！」馬丁咒了一聲。

「第一級的，對不對？」

「那還用說。我願意為了她放棄那兩個護士。」

過度相信是一種陷阱

十分鐘過去了，然後十五分鐘過去了，那女孩子都沒出現。

馬丁安慰我：「別擔心，我很確定，她一定會回來的。我們的表演滿像一回事的，那小女孩心花怒放。」

我的想法也和他一樣，所以我們就一直在那裡等，隨著時間一分一分的過去，我們越加渴望那個還很稚嫩的小女孩。因為這樣，我們放棄了和那個穿絨布長褲女孩的約會。心思都集中在那個穿白色洋裝的小女孩身上，想都沒想到要起身離開。

時間不停地流逝。

「聽我說，馬丁，我想她不會來了。」我終於忍不住了。

「那你說這是為什麼？她那麼地相信我們，好像相信上帝一樣。」

「是啊。這正是我們不幸的地方。她太信任我們了。」

「怎麼？你還寧願她不要那麼信任我們啊？」

「說不定這樣子還比較好。過度熱切的信任，反而是同盟關係中最糟糕的一件事。」這個成語引發了我一連串的評論：「一個人如果完完全全地相信某一件事，那麼這種全然信任的態度就會把這件事情導向荒謬。一個堅決捍衛某一種政治觀點的人，絕對不會嚴肅看待這種政治觀點『詭辯』的部分，而只會關心隱藏在詭辯背後那個『實際的考量』。因為政治上的那些陳腔濫調，和那些詭辯的言詞，並沒有要你完完全全相信它；大家心裡也都明白那只是一種必要的託辭。而天真地全然相信那些政治詞藻的人，遲早有一天會發現這其中的矛盾，從而起來反叛，到最後就成了異議分子，或是成了叛徒。這不好，過度相信從來都不會有好事；不只是在宗教、政治方面如此，就我們自己這方面來說也是一樣——我指的是我們勾引女孩子的這方面。」

「我不懂你在說什麼。」馬丁說。

「這其實很容易懂：對那小女孩來說，我們兩個是很正經的人，而正因為她就像是會在電車上讓位給老年人的那種有教養的小孩，所以只要有機會她也很願意幫助我們。」

「那現在呢？她為什麼不幫到底？」

「就是因為她太過相信我們了。她把菜拿給她媽媽，然後很高興地把事情都說給她媽媽聽：歷史片、波希米亞的伊特魯立亞文化……而她媽媽……」

馬丁打斷了我的話：「好……我懂了。」然後他就從椅子上站起來。

milan kundera

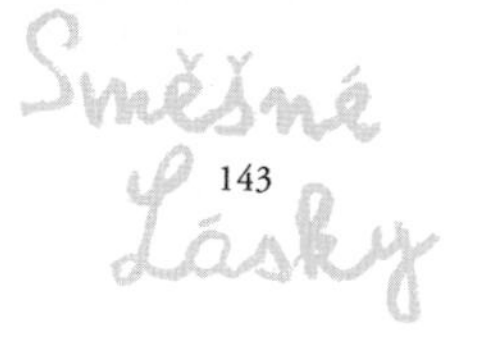

背叛

太陽慢慢落到了小鎮人家的屋頂上方；風漸漸轉涼，我們的情緒也變得低落。我們又回到那家自助咖啡店碰碰運氣，看那個穿著絨布長褲的女孩會不會還在那裡等。當然，她不在那裡。這時候已經六點半了。我們走回我們車子那裡去。驀然，我們兩個好像是被一個陌生城市驅逐出境的人，和這個城市的歡樂無緣。我們只能回到車子那個庇護所，這時候來看，我們的車子好像是一處享有治外法權的地方。

「好吧！」馬丁大聲的說：「先回車上。我們不要一副死氣沉沉的樣子！最重要的那件事還等著我們呢。」

我很想跟他說，最重要的這件事也只有一個小時的時間，因為他的喬琪，因為他們要玩牌，不過我寧願閉嘴。

「不管怎麼樣，」馬丁接著說：「今天滿有收穫的。鎖定了普茲達尼那個女孩，搭上了那個穿絨布長褲的女孩；我們在這個小鎮大致都打點好了，只要下一次再來一趟就行了。」

我什麼都沒說。是啊。那次鎖定和那次搭訕都很成功，一切井然有序。可是我忽然想到，這一年以來，除了鎖定了許多次、搭訕了許多次以外，馬丁什麼也沒有完成過。

我看著他。他的眼睛和平常一樣閃爍著貪得無饜的微光；在這一刻我感覺馬丁對我是多麼的珍貴，我多麼喜愛他一生所追隨的那面旌旗：那面標幟著「對女人永恆的追求」的旌旗。

時間不停地流逝，馬丁說：「已經七點了。」

我們把車子停靠在離醫院大門鐵門十幾公尺的地方，好方便我從照後鏡觀察她出了大門沒有。

我繼續思索旗幟的問題。我心裡想，在追求女人這件事情上，已經有這麼多年的經驗，女人本身越來越不是焦點，反而是追求這件事越來越重要。要是這追求事先就「不要有什麼結果」，那我們就可以每天追求無數個女人，使追求本身成為一種「純粹的追求」。是啊，馬丁已經處於純粹追求的狀態。

我們等了五分鐘。不見那兩個女孩的蹤影。

我一點也不覺得怎樣。她們來也好，不來也好，我都無所謂。因為，要是她們來了，我們能在一個小時之內把她們帶到那麼遠的小屋去，贏得她們的信任，

Směšné Lásky

和她們上床，然後八點的時候彬彬有禮地和她們道別，隨我們自己高興走人嗎？不可能的，從馬丁決定一切都要在八點結束的時候，就已經把這場豔遇轉變為一場虛築幻影的遊戲（這種情況已經發生多少次了！）。

我們又等了十分鐘。醫院大門沒有出現任何人。

馬丁發起脾氣，幾乎用喊地說：「再給她們五分鐘的時間，我就不等了。」

馬丁早就不年輕了——我心裡繼續想著。他非常愛他太太。說真的，他規規矩矩地過他的婚姻生活。這是事實。但是，在這個事實之外，還有另外一個和天真、和虛築幻影有關的層面：馬丁的青春熱力，他那種焦躁、狂暴、揮霍的青春熱力都縮減為一種遊戲，越不過他自己劃定好了的界限，不會進入實際的生活，成為事實。正因為馬丁是盲目地騎在必然性的馬背上，所以他會把每一次的豔遇轉變成一場遊戲，「甚至自己一點也沒有察覺」；他還是照樣把他炙熱的靈魂整個投入其中。

好吧，我心裡想，馬丁是被他自己虛築出來的幻影所拘囚，那我自己呢？那我自己呢？我為什麼一直和他一起玩這種無聊的遊戲？我既然知道這一切不過是自己在欺騙自己，我不是比馬丁更荒謬嗎？我明明知道這次約會（和那兩個陌生而冷漠的女孩），早就注定失敗，要白白浪費掉一個小時，為什麼還要假裝期待有一場豔遇？

就在這時候，我從照後鏡裡看見了那兩個女孩正從大門的鐵門走出來。雖然隔著一段距離，還是看得出來她們臉上撲著粉、嘴上塗了口紅，她們穿得非常耀眼，想必，她們會遲到就是因為花了時間打扮自己。她們看了看四周，然後朝著我們的車子走過來。

「算了吧，馬丁，」我假裝沒看到這兩個女孩，對他說：「已經超過十五分鐘了。我們走了吧。」我一腳踩了油門。

懊悔

我們離開B鎮，經過了小鎮最後的幾戶人家，穿越了田野和樹叢，看著太陽落到了山巔上。

我們一言不發。

我想到了《聖經》裡的猶大，有一位宗教作家曾經說過，猶大背叛耶穌，正是因為他太「相信」耶穌。他沒有耐心等候奇蹟，沒有耐心等候耶穌為所有的猶太人展現祂的神聖力量；所以他把耶穌賣給羅馬總督，迫使耶穌行神蹟奇事。他背叛耶穌，因為他急著要那榮耀的時刻來到。

「唉，」我心裡想：「相反的，如果說我背叛馬丁，那是因為我已經不再相信他（而且不再相信他追求女孩的那種神聖力量）。我是卑鄙的猶大和多疑的多馬的混合體。」我覺得，我的罪惡感使我更加同情馬丁，而且他那一面「對女人永恆的追求」的旗幟——我們仍然聽得到這面旗幟在我們頭頂上翕翕然而動的聲響——也使我泫然欲泣。我開始自責幹嘛那麼著急。

老實說，要是有一天我得放棄這些象徵著青春的追求行動，我做不做得到？要是我不要只是「模仿」這些追求的舉動，不要在我理智的生活中闢一個小小的場地，保留給這個愚蠢的活動，那我又能做些什麼呢？就算這一切都只是無益的遊戲，那有什麼關係呢？而且我知道了這些，又有什麼關係呢？我會因為這個遊戲是無益的，而放棄嗎？

永恆慾望的金蘋果

馬丁坐在車裡我的旁邊，怒氣漸漸消了。

「你說，」他對我說：「你那個讀醫學院的女生，真的是頂級的嗎？」

「我跟你說過了。她和你的喬琪是同一級的。」

馬丁又問了我一些問題。我得再把那個醫學院女生描述一次。

然後他說：「過一陣子你可以把她介紹給我吧？」

我一副煞有介事的樣子：「我看這很難。這會讓她很尷尬，因為你是我的朋友。她滿講原則的……」

「她滿講原則的啊……」馬丁很失望地重述我的話，我看得出來他非常扼腕。

我不想讓他難過。

「除非我裝作不認識你，」我說：「或者你可以假裝是別人。」

「這點子不錯！說不定，我還可以說我叫作弗曼，是個電影導演，像今天一樣。」

「她對電影導演沒興趣。她比較喜歡運動員。」

「那也可以啊？」馬丁說：「沒什麼不可能的。」接著我們就開始討論相關的計畫。計畫越來越明確，在漸次垂落的夜色中，它很快就搖搖晃晃地出現在我們眼前，就像是一顆成熟、燦爛的金蘋果。

請允許我用誇張的修辭，把這顆蘋果稱為「永恆慾望的金蘋果」。

談話會

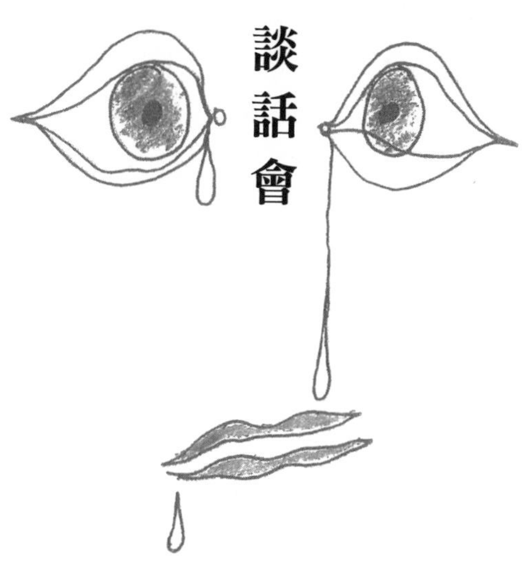

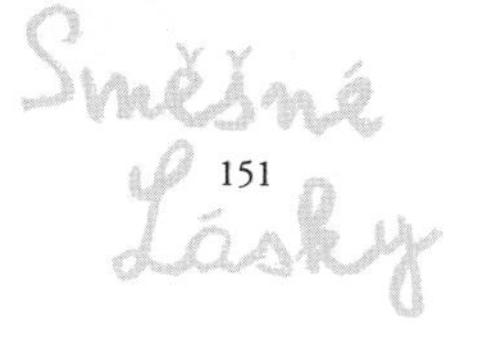

※ 第一幕 ※

值班室

在醫院值班室裡（不管是哪一個城市的哪一家醫院的哪一科的值班室都可以），有五個人，把他們所做的、所說的編成一個帶點諷世意味的故事，一定非常有趣。

這五個人，包括哈維爾醫生和伊麗莎白護士（他們兩個人正在值夜班），另外還有一男一女兩個醫生（他們兩個隨便找了個小藉口，到這裡來和他們閒聊，一起喝掉幾瓶酒）：禿頭的男醫生是個專科主任醫生，女醫生長得很漂亮，大約三十來歲，他們兩個是另外一科的醫生，而且整個醫院的人都知道她和主任醫生睡覺。

（主任醫生當然結婚了，他剛剛才說了自己最喜歡的一句話，這句話不只透露出他的幽默感，也表明了他的意圖：「親愛的同事們，一個人最大的不幸，就是有個幸福的婚姻，讓人一點離婚的希望也沒有。」）

在這四個人以外，還有第五個人，可是實際上他現在不在這裡，因為他年紀最小，剛被派去再買一瓶酒。這裡還有一扇窗戶，這很重要，因為窗戶是敞開的，室外一片漆黑，在夏夜溫甜、和煦的氣息裡，有月光透進窗內。而且啊，從每個人怡然自得的閒談中，就感受到這裡帶有一股愉快的氣氛。尤其是主任醫生，他用沉醉的耳朵聽著自己說無聊話。

過了好一會兒（我們的故事就要從這個時候說起），氣氛開始變得緊張：伊麗莎白喝多了，一個值班的護士不應該喝那麼多的，更糟糕的是，她狐媚地挑逗起哈維爾醫生來了，這使得他很惱火，忍不住用比較激烈的言辭告誡她。

哈維爾醫生的告誡

「親愛的伊麗莎白，我真是不了解妳。每天，妳都要處理化膿的傷口，都要在老年人乾癟的屁股上打針，要幫病人灌腸，替病人倒便盆。命運給了妳一個讓人羨慕的機會，可以在形上學的層次看透人類肉體的本質只是虛空。可是妳的生命精力卻拒絕聽從理性，什麼都動搖不了妳那種執拗的意志力——那種讓自己是一個肉體，而且只想是一個肉體的執拗意志力。妳的乳房會向五公尺外的男人招搖！只要看著妳走路，我就會暈頭轉向，因為妳那永不疲倦的屁股搖啊搖地畫出

milan kundera

了永恆的螺旋狀。魔鬼，妳離我遠一點吧！妳的乳房就像上帝一樣無所不在！十分鐘前，妳就該去給病人打針了！」

哈維爾醫生像死神，他什麼人都要

伊麗莎白受命離開值班室，去幫那個老屁股打針（她毫不掩飾地氣沖沖離開了），然後主任醫生問了：「哈維爾，拜託，你能不能解釋一下，為什麼你要這麼堅決地拒絕可憐的伊麗莎白？」

哈維爾醫生喝了一口酒，回答說：「主任，你別怪我。這不是因為她長得醜，也不是因為她沒那麼年輕，我才拒絕她。相信我！我曾經有過不少女人長得比她更醜，年紀也比她大得多。」

「是啊，我知道你這個人：你就像死神一樣，什麼人都要。可是既然你什麼人都要，為什麼就不要伊麗莎白呢？」

「這大概是因為，」哈維爾說：「她這麼明白地表現出她的慾望，就好像是一道命令一樣。你說我像死神一樣，什麼女人都要；只是，死神不喜歡有人對他發號施令。」

主任醫生最大的成功

「我想我了解你，」主任醫生回答：「早幾年，我還年輕一點的時候，我認識一個女孩子，她跟誰都上床，而且她長得真是漂亮，所以我就決定要她。結果你知道嗎，她竟然不要我！她和我的同事睡，和司機睡，和廚子睡，甚至和抬屍體的人睡，我是唯一她不要上床的人。你能想像這種事嗎？」

「當然。」女醫生說。

「讓我告訴您吧，」主任醫生在別人面前總是用「您」稱呼他的情婦，他有點不高興地繼續說：「在那個時候，我剛拿到文憑沒幾年，事業已經很成功。我相信自己什麼女人都可以弄到手，而且事實也證明了再怎麼難纏的女人我都有辦法。可是你知道嗎，像她這麼輕浮的女人，我卻敗給她。」

「以我對你的了解，你一定有一套理論來解釋這件事。」哈維爾醫生說。

「沒錯，」主任醫生接著說：「性愛不只是一種肉體慾望，從另外一個層次來看，它也是一種攸關名節的慾望。我們所擁有的那個依戀我們、愛我們的伴侶，成了我們的鏡子，正可以衡量我們所重視的形象，以及我們的價值所在。從

milan kundera

這個觀點來看，我那個小婊子面對這種事可就麻煩了。一個人要是跟誰都上床，就再也不相信像做愛這樣一種稀鬆平常的事，會有什麼重要意義。所以這樣的人會從相反的方向去尋求他在性愛上的名節。對我那個小婊子來說，只有一個想要她而卻被她拒絕的男人，能給她一個價值衡量的標準。而且，因為她想要讓自己在自己眼中是最好的、最漂亮的，所以她就會表現得特別嚴苛、特別挑剔，來挑選這唯一一個被她拒絕的男人，並且以拒絕來成就自己的名節。最後，她選擇的人是我，而且我明白，這對我是莫大的榮幸。一直到現在，我都還認為這是我在性愛上最大的成功。」

「您真是天賦異稟啊，能把水變為酒。」女醫生說。

「您是因為我沒有把您看作我最大的成功而生氣嗎？」主任醫生問。他接著說：「我想要讓您了解，雖然您是一個貞潔的女人，但對您來說，我畢竟不會是您的第一個，也不會是您的最後一個（而您不知道這多麼傷我的心），可是對那個小婊子來說，我卻是她的第一個，也是她的最後一個。我不騙您，她永遠不會忘記我，甚至到今天，她還是會帶著感傷的情緒回想她曾經拒絕過我。總而言之，我之所以會說這個小故事，其實是想要說明，哈維爾對伊麗莎白的態度也是出於類似的心理。」

頌讚自由

「天哪，主任，」哈維爾說：「你總不會認為我想在伊麗莎白身上尋找我做為一個人的價值吧。」

「當然不是，」女醫生諷刺的說：「你剛剛已經跟我們解釋過了。伊麗莎白主動挑逗的態度讓你覺得像是一道命令，而你希望能保有一個幻覺，就是是你自己在挑選和你上床的女人。」

「既然我們都說得這麼坦白，那我要讓妳知道，事情不完全是這樣，」哈維爾沉吟了一下，說：「老實說，我剛剛說伊麗莎白主動挑逗的態度讓我很煩，其實只是在開玩笑。說真的，我有過很多更會賣弄風騷、挑逗人的女人，而且這種女人非常合我的胃口，因為這樣事情才不會拖。」

「那麼你為什麼不要伊麗莎白呢？」主任醫生叫了起來。

「主任，我剛開始也覺得你這個問題很無聊，可是其實不然，因為我現在知道了，其實這個問題很難回答。我老實說，我自己也不知道我為什麼不要伊麗莎白。我有過一些更醜的女人、年紀更大的女人、更風騷更挑逗的女人。照理說，

milan kundera

我終究還是會要她。所有的統計學家都會這麼認為，所有的電子計算機都會算出這種結果。看吧，說不定就是因為這樣，我才不要她。想必，我就是想對必然性說不，想把因果律絆倒在地。想用反覆無常的自由意志，來戲弄無聊透頂的世事皆可預測。」

「可是你為什麼會選上伊麗莎白來承擔這件事呢？」主任醫生問。

「不為什麼啊，因為我就是不要有任何理由。如果有個理由的話，就可以事先發現原因，事先斷定我會有什麼行為。正好就是因為沒有任何理由，我們才享有這一點點自由，而且我們應該緊緊抓住它，好在這個無可逃避的律法世界裡，保有一點人性的混亂。我親愛的同事，我要高呼自由萬歲！」哈維爾說，他悶悶不樂地舉起酒杯碰杯。

責任的涵蓋範圍

在這個時候，一瓶新的酒出現在值班室，立刻吸引了所有在場醫生的注意力。一位動作遲緩、還滿有魅力的年輕人，手裡拿著酒瓶，站在門邊，他叫作弗萊斯曼，是個醫學院的學生，正在醫院裡實習。他「慢慢地」把酒瓶放在桌子上，「花很長的時間」找開瓶器，然後「不慌不忙地」把開瓶器對準瓶塞，再「若有所思的」把它鑽進軟木塞裡，最後「好像作夢似地」把它拔出來。前面這些引號，就是為了要突顯弗萊斯曼動作慢吞吞，這種慢吞吞不是因為他笨拙，而是因為他有一種悠悠緩緩的氣度，這位年輕的醫學院學生會以這樣的方式專注地省視自己的內心，而對外在世界瑣碎的細節他都不放在心上。

「我們說的都是廢話，」哈維爾醫生說：「其實不是我拒絕伊麗莎白，而是她自己不要我。唉，她迷上了弗萊斯曼呢。」

「迷上我？」弗萊斯曼抬起頭，然後，跨著大步，把開瓶器放回原來的地方，再回到矮桌子旁邊，在每一只酒杯裡倒酒。

「你真行啊，」主任醫生也附和哈維爾的說法，說：「除了你以外，大家都知道這件事。從你一踏進我們這一科開始，她就日子難過了。這種情形已經有兩個月了。」

弗萊斯曼「久久地」看著主任醫生，說：「我真的一點都不知道。」接著他又說：「反正，這種事我沒興趣。」

「你那些很有立場的說詞到哪兒去了？你高談闊論要敬重女人的那些話都到哪兒去了？」哈維爾很嚴厲地抨擊他。他說：「你讓伊麗莎白那麼痛苦，這個你也沒興趣嗎？」

「我非常同情女人，我從來不會故意去傷害她們。」弗萊斯曼說：「可是這種我無心造成的事，我沒興趣，因為我拿它沒辦法，所以也不是該我來負這個責任。」

接下來，伊麗莎白回來了。她大概是決定最好當作忘了剛剛被侮辱的那回事，假裝什麼事都沒發生，照常行事，結果她的舉止反而顯得非常不自然。主任醫生推了一張椅子給她，幫她倒了一杯酒。「喝酒，伊麗莎白！把所有的痛苦都忘記！」

「是啊。」她笑著回答，拿起杯子一飲而盡。

主任醫生又對弗萊斯曼說：「如果一個人只對自己有意造成的事情負責，那麼，所有的笨蛋事先都可以把一切的罪過推得乾乾淨淨。我親愛的弗萊斯曼啊，只是，人都對『知』有責任。人都對他的『無知』有責任。無知是一種罪過。所以你怎麼樣也無法免除其責。在這裡我要說，你對待女人就像是個粗人，你否認也沒用。」

頌讚柏拉圖式的愛情

哈維爾也起而攻擊弗萊斯曼：

「你不是答應克拉拉小姐幫她弄到一間公寓嗎，這件事到底辦好了沒？」他說。他是想藉這句話讓他知道，他追求那個年輕女孩是追不到的。（那女孩子他們都認識。）

「還沒有，不過我正在努力找。」

「我要提醒你，弗萊斯曼在女人面前是個正人君子。他不會編故事來哄她們的。」女醫生開口了，她挺身為弗萊斯曼辯護。

「我受不了有人去傷害女人，因為我非常同情女人。」醫學院的學生又說同樣的話。

「反正，克拉拉一直在吊你的胃口。」伊麗莎白對弗萊斯曼說，而且她說的時候還很冒失地笑了出來。主任醫生見狀，不得不說句話：

「是不是在吊胃口，沒有妳以為的那麼重要，伊麗莎白。大家都知道，阿伯拉被去勢，可是這無礙於他和哀綠綺思至死不渝的愛情，他們的愛永垂不朽。喬治桑和蕭邦一起生活了七年，仍然像個處女一樣清白，他們的故事還不是傳誦

milan kundera

至今！至於那個小婊子以拒絕的方式，給了我一個女人所能給男人的最高榮譽，這件事我也不想再在這個讓人敬重的聚會裡提。只是，我親愛的伊麗莎白，請妳要記住這一點，愛情和妳腦子裡不時想到的事情，這兩者之間其實沒有多大關聯的。妳不要懷疑，克拉拉的確是愛弗萊斯曼的。她對他很好，卻又拒絕他。妳覺得這很不合邏輯，可是，愛情正好就是一件不合邏輯的事。」

「可是這件事有什麼不合邏輯的？」伊麗莎白說的時候又很冒失地笑了起來：「克拉拉需要一間公寓，所以她對弗萊斯曼示好。可是她不想和他上床，說不定是因為她在跟別人上床。而這個別人不能幫她找到一間公寓。」

這時候，弗萊斯曼抬起頭來，說：「你們講得我煩死了。真像一群聒噪的毛孩子。她遲疑，也許是因為害臊？你們難道就沒有想到這一點嗎？或者也許是她有病，不讓我知道？身上有疤痕，她覺得自己醜？有些女人對這些事非常難為情。只有妳，伊麗莎白，妳對這種心理完全不了解。」

「或者說，」主任醫生為弗萊斯曼幫腔，他說：「克拉拉在面對弗萊斯曼的時候，愛的焦慮讓她整個人僵直，嚴重到沒辦法和他做愛。這種事妳不能想像吧，伊麗莎白，妳會愛一個人愛到沒辦法和他做愛嗎？」

伊麗莎白坦承她不會。

暗號

這裡，我們可以暫停一會兒，不去聽他們的對話（還是一直講些無聊的瑣事），來描述另外一件事：剛天黑的時候，弗萊斯曼一直努力想要和女醫生的目光接觸，因為從他第一次見到她以後（那大約是一個月以前），就對她非常有好感。她三十歲的風華深深迷住了他。之前，他只能遠遠地看著她走過，而這天晚上是他第一次有機會和她在同一個房間裡相處得久一點。他感覺到她也會時不時地回應他的眼波，讓他內心蕩漾。

所以呢，他們兩個人對望了一眼之後，女醫生突然站了起來，走到窗邊，說：「外面夜色好美。是月圓呢……」她的目光不由自主地又投向弗萊斯曼。

而他，對這種事情頗為敏感，立刻就明白了這是個暗號，是她在對他打暗號。就在這一刻，他感覺自己的胸口彷彿漲起了一陣波濤。他的胸口的確像是個敏感的樂器，媲美史特拉第伐利製造的名琴。他時常會有這種激越的感受，而且每一次他都相信，他胸口這種漲起的感覺一定是種預兆，宣告有某種超過他夢想的、前所未有的大事即將要發生。

這一次，胸口漲起的感覺讓他有點暈茫茫，而且（在他腦子裡倖免於暈茫茫的那個角落）他還覺得有點驚奇：他的慾望怎麼會有這麼大的力量，在他慾望的召喚下，事情就應聲而至，如實發生？他對這股力量一直覺得非常不可思議，同時，他也靜待大家的談話變得更熱烈，等著他們忘了他的存在。這時機一到，他就溜出了值班室。

扠著雙手的英俊年輕人

這間大家臨時湊在一起談話的值班室，位於一大片醫院院落建築裡其中一棟漂亮大樓的一樓（這棟大樓離其他幾棟大樓很近）。這時候，弗萊斯曼走到了大樓與大樓間的花園裡，背靠著一棵法國梧桐樹，點了一根菸，凝視著天空：時值盛夏，空氣裡飄散著香香的味道，在黝黑的夜空中，有一輪明月高懸。

他竭力想像著待會兒事情可能會怎樣：女醫生剛剛暗示他到室外去，等她趁那個禿頭主任更熱烈地投入談話，不會起疑的時候，輕描淡寫地表示她有一點小私事，必須要離開一會兒。

接下來會發生什麼事呢？接下來的事，他寧願不去想像。他胸口漲起的感覺預示了會有韻事，而這對他就夠了。他相信自己交上了好運，相信自己桃花星動，也相信那個女醫生。在這種信心的愛撫下（這種信心總是有點不尋常），他任由自己沉醉在慵懶的愉悅氣氛中。因為他總是認為自己很有魅力，別人很容易愛慕他，所以他就很喜歡（優雅地）扠著雙手，等待韻事來臨。他相信，扠著雙手的姿勢會激起女人的愛慾，挑撥命運，並且能夠征服女人與命運。

趁這個時候，也許應該提一下這件事，就是弗萊斯曼常常會「看到自己」（雖然不會那麼密集地持續發生），所以他身邊常常伴隨著另一個他，當他獨處的時候就特別具有娛樂效果。例如，這天晚上，他不只是背靠在法國梧桐上抽菸，他同時也興味盎然地觀察著這麼一個（既英俊又有青春活力的）男人，他很慵散地背靠在法國梧桐上抽菸。他久久醉心於這個畫面，後來被打斷是因為他聽見了輕輕的腳步聲，從大樓那邊朝著他走過來。他故意不轉身。他又吸了一口菸，把菸噴出來，依然把眼睛望向天空。當腳步聲近在咫尺的時候，他以一種溫柔而刻意討好的口吻說：「我就知道妳會來。」

milan kundera

小便

「要猜到我會來倒也不難，」主任醫生搭他的腔，回說：「我喜歡在大自然裡小便，而不喜歡使用文明的設備，那臭死了。在這裡，金色細細的水流立刻就很神奇地和腐殖土、青草、大地合而為一。因為，弗萊斯曼，我本是塵土，而在這一刻，至少某一部分，我也回歸塵土。在大自然裡小便，是一種宗教儀式，藉著這種儀式，我們向大地許諾，總有一天，我們會全然歸於它。」

弗萊斯曼什麼話也沒說，主任醫生問他：「你呢？你是出來看月亮（lune）嗎？」弗萊斯曼還是執拗地沉默著，主任醫生接著又說：「你真是個瘋子（lunatique），弗萊斯曼，所以我才會這麼喜歡你。」弗萊斯曼打斷了主任醫生這番挖苦的話，他用一種刻意維持疏遠的語氣說：「什麼月亮不月亮的，我也是到這裡來小便的。」

「我的小老弟，」主任醫生溫和地說：「我把這個解釋成，這是你對年長的上司表達你無比摯愛之意。」

然後，他們兩個人就在梧桐樹下態度驕慢的撒了一泡尿，主任醫生仍然亢奮不已，一直以重行領聖體的影像，把在大自然裡小便類比於神聖的宗教儀式。

※ 第二幕 ※

喜歡嘲諷的英俊年輕人

他們沿著長長的迴廊一起走回去，主任醫生搭著醫學院學生的肩膀，狀如兄弟。醫學院的學生心裡有數，他知道是這個吃醋的禿頭醫生看穿了女醫生的暗號，才故意表現友善的態度來嘲諷他！當然，他不能把主任搭在他肩上的手甩開，而這只有讓他心裡更生氣。唯一讓他感到安慰的是：在這種怒不可遏的情緒下，他還是「看到自己」身在怒氣中，他看見自己臉上的表情，而且他還很高興地看到，這個怒氣沖沖的年輕人一回到值班室，突然就表現出和以前完全不同的面貌，讓大家非常地訝異：他現在成了一個喜歡冷嘲熱諷、尖酸刻薄、又兇又狠的人。

當他們兩個人走進值班室的時候，伊麗莎白正站在房間中央，一邊哼著簡單的旋律，一邊很起勁地扭腰擺臀。哈維爾醫生眼光朝下，女醫生則搶在剛進來的這兩個人生氣之前，解釋說：「伊麗莎白在跳舞。」

milan kundera

「她有點醉了。」哈維爾補了一句。

伊麗莎白還是一直在低垂著頭，在哈維爾面前抖胸部，扭屁股。

「這麼美妙的舞蹈妳是在什麼地方學的？」主任醫生問。

弗萊斯曼訕訕然地在一旁，毫不掩飾地譏笑起來：「哈哈哈，美妙的舞蹈！哈哈哈！」

「這種舞蹈我在維也納的脫衣舞廳看過。」伊麗莎白對主任醫生說。

「怎麼，」主任醫生帶著一點火氣，輕聲地問：「我們醫院的護士什麼時候開始到脫衣舞廳去的？」

「又沒有哪一條規定不准護士上脫衣舞廳，主任！」伊麗莎白繞著主任醫生抖動她的胸部。

弗萊斯曼的身體裡漲滿了怒氣，正要找個出口傾瀉：「妳需要的是鎮定劑，」他說：「而不是脫衣舞。要不然，恐怕到最後妳會強暴我們。」

「你啊，你沒有什麼好怕的。我不喜歡毛頭小子。」伊麗莎白打斷他的話，繞著哈維爾醫生抖動她的胸部。

「妳很喜歡這種脫衣舞嗎？」主任醫生很和藹地問。

「這還用問嗎！在維也納的脫衣舞廳裡有一個乳房很大的瑞典女孩，可是我的乳房比她好看，看哪，乳房！（她一邊說一邊撫摸著她的胸部）那裡也有一個女孩子假裝在紙板做的浴缸裡洗泡泡澡，還有一個黑白混血的女孩在觀眾面前手淫，哇，這是最精采的！」

「哈哈！」弗萊斯曼這時候簡直尖酸刻薄到了頂點，他說：「手淫，這正是妳需要的！」

以臀部的形式來表現的悲傷

伊麗莎白繼續跳著舞，可是她的觀眾可能沒有維也納那家脫衣舞廳的觀眾那麼上道：哈維爾低著頭，女醫生不懷好意地看著，弗萊斯曼帶著譴責的眼光看，而主任醫生則以父愛一般寬容地欣賞著。伊麗莎白罩在護士白色圍裙裡的臀部，就像是一球圓乎乎的飽滿太陽，在房間裡四處旋動，只是這球太陽是死滅了的（裹在白色的裹屍布裡），在場的這幾位醫生冷漠、無措的眼光，判定了這太陽是可憐而無用之物。

有一會兒的時間，大家都以為伊麗莎白真的會一件件地脫掉衣服，害得主任醫生忍不住焦急地說：「哎呀，伊麗莎白！這裡可不是維也納啊！」

「你怕什麼呢，主任？至少這能讓你見識到女人的裸體是什麼樣子！」伊麗莎白大聲鼓譟著說，而這時候她又轉而面對哈維爾醫生，以她的乳房威脅他，說：「怎麼樣啊，哈維爾我的小親親！你怎麼這一副死了人的樣子？抬起頭來吧！有誰死了嗎？你在戴孝啊？看著我！我還活著呢我！我才不會那麼早死呢！我還活得好好的呢！我活著耶！」當她在說這些話的時候，她的臀部不再是臀部，而是一種悲傷，一種模塑得非常好的悲傷，在這間房間裡四處舞動。

「夠了，伊麗莎白，我拜託妳。」哈維爾說話的時候，眼睛還是低低地看著地板。

「夠了？」伊麗莎白說：「可是我是特別要跳給你看的！現在，我要為你表演一場脫衣舞！一場最有看頭的脫衣舞！」說著，她脫掉了圍裙，遮著她的胸部，以一種舞姿把圍裙抛在桌子上。

主任醫生又開口了，他怯生生地說：「伊麗莎白，妳為我們跳的脫衣舞一定很棒，可是別在這裡跳吧。這裡，妳也知道，是醫院。」

最有看頭的脫衣舞

「主任，我自己知道該怎麼做！」伊麗莎白回答。她身上穿著白領的淡藍色護士制服，繼續扭腰擺臀。

接著，她雙手平平貼在她的臀部，沿著身體兩側往上游移，一直高舉到頭上；然後她的右手沿著舉起的左手臂退出，她的左手也沿著右手臂退出，之後，她又擺了個動作，手臂朝著弗萊斯曼伸過去，就好像她把上衣向著他拋過去。弗萊斯曼一驚，跳了開來。「寶貝，你讓它掉到地上了！」她對他叫著說。

接著她又把手放在臀部，沿著雙腿往下游移；彎下身子，舉起右腿，然後舉起左腿。接下來，她看著主任醫生，右手臂擺了個姿勢，把假想中的裙子向著他拋過去。主任醫生伸出手，把拳頭握起來；而他另外一隻手則對著伊麗莎白送飛吻。

伊麗莎白又跳了幾個舞步，扭動了一陣之後，她踮起腳尖，雙手背到後面，指頭在背脊中央解了個什麼釦子似的。然後，她又以幾個舞姿，把手臂往前伸，左手碰觸著右邊的肩膀，右手碰觸著左邊的肩膀，這一次，面向著哈維爾醫生，手臂又很優雅地做了個拋東西的動作。而哈維爾很害羞、很困窘地，雙手動了那

milan kundera

麼一下。

在這時候，伊麗莎白已經又邁開步子，很有威儀地在這個房間裡巡行；她一個接著一個地繞著這四位觀眾走，一一在他們面前把她象徵性裸露著的胸部挺起來。這場脫衣舞到了最後，她站在哈維爾的面前，款款擺動著她的腰臀，微微彎下腰，兩隻手游移在她的身體兩側；這時候（跟剛剛一樣），她先舉起一條腿，再舉起另一條腿，然後她洋洋自得地站直身體，舉起右手，食指和拇指捏著一條看不見的三角褲。她再一次以優雅的動作把東西拋給哈維爾。

她意興風發地筆直挺著她想像中的裸體，眼裡再也不看任何人，甚至也不看哈維爾。她半瞇著眼睛，把頭歪向一邊，只注視她自己還在款款擺動的身體。

不一會兒，伊麗莎白那傲然的姿勢鬆弛了下來，突然往哈維爾醫生的膝頭一坐。「我累壞了。」她說，一邊還打了個呵欠。她拿了哈維爾的酒杯，喝了一口。「醫生，」她問哈維爾：「你有沒有什麼藥片，可以讓我提神的？我現在可還不想上床睡覺！」

「妳啊，伊麗莎白，妳要什麼都可以給妳！」哈維爾說；他把伊麗莎白從自己的膝頭上抱起來，讓她坐在另外一張椅子上，走到配藥的地方。他找到了一罐強效的安眠藥，拿了兩片給她。

「這能讓我提神？」她問。

「我哈維爾什麼時候騙過妳。」哈維爾說。

伊麗莎白離開時說的話

伊麗莎白吞下了那兩片藥以後，又想坐回哈維爾的腿上，可是他把腿移開，害她跌在地上。

哈維爾立刻覺得很後悔，因為他並不想羞辱伊麗莎白，他之所以這麼做，其實完全是不由自主的反射動作，他潛意識裡就很不想讓自己的大腿碰觸到伊麗莎白的屁股。

所以他想把她扶起來，可是伊麗莎白把全身的重量都壓在地板上，帶著怨氣，執拗的違抗他的攙扶。

弗萊斯曼站到她面前，對她說：「妳醉了，妳該上床睡覺了。」

伊麗莎白用一種極度鄙夷的眼神，由下往上地打量他，而且（津津有味地以一種附生地表低等生物的可憐受虐姿態）對他說：「你這畜生，白癡。」接著又說了一次：「你這白癡。」

哈維爾又試著把她攙扶起來，可是她很用力地掙開，哭出聲來。誰也不知道該說些什麼，伊麗莎白的啜泣就像是小提琴獨奏似地，在這安靜的房間裡迴響著。過了好一會兒，女醫生不知怎麼地輕輕吹起口哨。伊麗莎白突然站了起來，往門口走去，她手握著門把，轉過頭來，說了一句：「畜生，畜生。你們要是知道就好了。但是你們什麼都不知道。你們什麼都不知道。」

主任醫生對弗萊斯曼的指責

伊麗莎白離開以後，值班室裡一片寂靜，首先打破沉默的是主任醫生：「看吧，弗萊斯曼我的小老弟啊。你剛剛還說你非常同情女人。如果你對女人真的有同情心的話，為什麼你就不能同情伊麗莎白？」

「這關我什麼事啊？」弗萊斯曼辯駁。

「別裝得一副你什麼都不知道的樣子！我們剛剛已經告訴過你了，她早就迷戀你了！」

「這我有什麼辦法嗎？」弗萊斯曼反問大家。

「你是不能怎樣，」主任醫生說：「可是你何必對她那麼粗魯，讓她痛苦難堪，對這一點，你就得負點責任。今天一整個晚上，她只在意一件事，就是看你會怎麼對她，是不是會看著她，對她微笑，或是對她說句溫柔的話。可是，你想想，結果你對她說了些什麼！」

「我又沒對她說什麼可怕的話，」弗萊斯曼反駁（可是他的聲音聽起來有一點猶疑）。

「沒說什麼可怕的話。」主任醫生反唇相譏：「她單單為你一個人跳舞的時候，你卻譏笑她，要她去吃鎮定劑，你還對她說手淫最適合她。還有什麼比這更可怕的！而且她跳脫衣舞的時候，你還讓她的上衣掉在地上。」

「哪有什麼上衣？」弗萊斯曼抗辯著。

「她的上衣，」主任醫生說：「你別再裝了。到最後，她才吃了提神的藥，你卻要她去睡覺。」

「可是她追求的是哈維爾啊！」弗萊斯曼為自己辯護。

「你別再裝了，」主任醫生嚴厲的表示：「你要她怎麼辦呢？你根本都不注意她，她是在向你挑釁。她這麼做只是希望能挑起你的妒意。而你看你多麼有紳士風度呀！」

「好了，別再煩他了，」女醫生說：「他是很無情，畢竟他還年輕。」

milan kundera

Směšné Lásky

「他是施行懲罰的大天使。」哈維爾說。

神話裡的人物

「是啊，沒錯，」女醫生說：「看看他：一個又帥又邪惡的天使。」

「我們可真像是神話裡的人物，」主任醫生睏聲的說：「因為妳，妳是戴安娜，冷峻、充滿活力、惡毒。」

「而你，你是森林之神，上了年紀，好色，又長舌。」女醫生說：「而哈維爾，他是唐璜，年紀沒那麼大，可是正在老化。」

「不對，哈維爾呀，他是死神。」主任醫生不同意，還是回到他自己剛剛的主題上。

唐璜的結局

「如果你們問我，我是唐璜，還是死神，我應該——雖然不太情願——會和主任的看法一致，」哈維爾說完，喝下了一大口酒。「唐璜是一個征服者。甚至可以再加上一個稱號：『偉大的征服者』。可是，我請問你們，如果在一個地方，那裡的人都不反抗你，所有的一切都是可能的，所有的一切也都可行，那你怎麼可能成為一個征服者呢？唐璜的時代已經結束了。目前，唐璜的後代不再『征服』，他們現在做的是『蒐集』。『偉大的征服者』已經被『偉大的蒐集者』取代了，只是『蒐集者』和唐璜並沒有什麼共同點。唐璜是一個悲劇人物。他身上烙印著弱點。他以歡樂的心情犯罪，譏笑上帝。他是一個褻瀆上帝的人，最終的歸宿在地獄。

「唐璜的肩頭背負著悲劇性的重擔，而這種重擔，是偉大的蒐集者想也沒想到的，因為在他的世界中，一切的重量都沒有重量。石塊變得輕如絨毛。在征服者的世界裡，看一眼的份量，就等於在蒐集者的世界裡孜孜不倦地做愛做十年的分量。

「唐璜是個主人，而蒐集者是個奴隸。唐璜勇敢無畏地違抗傳統與法律，而偉大的蒐集者只會額頭上沁著汗，乖乖馴服在傳統與法律之下，因為蒐集已經是屬於教養和禮儀的一部分，蒐集幾乎被視為是一種義務。如果說我會有罪惡感的話，那唯一的原因就是我不想要伊麗莎白。

「偉大的蒐集者和悲劇、和戲劇性事件一點也扯不上關係。性愛本來是災難

Směšné Lásky

的根源，現在卻因為他而變成了一種和早餐、晚餐、集郵、打乒乓球、到超級市場採購……沒有兩樣。蒐集者把性愛帶入現存的平庸世界中。他們在這個平庸世界架設了舞台的布幕、台架，舞台上卻永遠不會有真實的戲劇演出。我親愛的朋友，」哈維爾悲愴地呼喊著說：「我的愛情——如果我能這麼稱呼它的話——是個舞台，是個什麼事也沒發生的舞台。

「親愛的女醫生、親愛的主任：你們把唐璜拿來和死神做對照，就像是兩個相反詞。雖然純粹是出於偶然、純粹是無心的隨口說說，但是你們還是指明了問題的本質。看啊，唐璜對抗的是不可能，而他的這種行徑完全是發乎人性。反過來說，在偉大蒐集者的國度裡，沒有什麼是不可能的，因為那是死亡的國度。偉大的蒐集者是死神，他隻手取走了悲劇、戲劇性事件，以及愛情。死神也要來取走唐璜。可是在指揮官支遣他去的地獄之火中，唐璜是活著的。而在偉大蒐集者的世界裡，熱情和情意像根絨毛似地飄過空中，在這個世界裡，他永遠都是死的。

「所以呢，親愛的女士，」哈維爾悲傷地說：「我和唐璜，算了吧！我怎麼會去挑戰指揮官，怎麼會讓我的靈魂承受他惡毒的詛咒，怎麼會喜歡悲劇的崇高壯美之感在我心中滋長！算了吧，親愛的女士，我充其量只是個喜劇角色，而且這還不是我自己的功勞，而應該歸功於唐璜，就是因為有他歡悅的悲劇性這個歷史背景，好歹才使我知覺到，我追求女人的存在方式具有一種愁慘的喜劇性。要是沒有唐璜作為判準，那我的生命將只是平庸灰淡的，只是枯燥乏味的沉悶景象。」

新的暗號

在這一番長篇大論之後，哈維爾很疲倦，什麼話都不再說。（在他滔滔講述的時候，睏倦的主任醫生在打瞌睡，他的頭有兩次點到了肩膀上。）默然不語而情緒一直很高漲的的女醫生，她開口說話了：「哈維爾醫生，我還不知道你口才這麼好。你把你自己描繪成一個喜劇的角色，平庸灰淡、無趣惹人厭、什麼玩意也不是！可惜的是，你的表達方式太過高貴。還不都是那去你的精緻考究：你說自己是乞丐，你卻選擇了顯貴的詞句，讓自己更像個王子，而不像乞丐。哈維爾，你真是老奸巨猾。就算你倒在泥裡打滾，故意要貶抑自己，你都還是會藉機表現一下。你真是老奸巨猾，真是卑鄙。」

弗萊斯曼放聲大笑，因為他從女醫生的話裡察覺到她對哈維爾的輕蔑，而這

milan kundera

讓他很高興。所以，在女醫生嘲諷的言語，以及他自己笑聲的鼓動下，他走到窗邊，意有所指的說：「多美好的夜晚！」

「是啊，」女醫生也說：「今天晚上好美。哈維爾卻偏偏要扮死神！哈維爾，你到底有沒有注意到這麼美的夜色？」

「當然沒有囉，」弗萊斯曼說：「對哈維爾來說，女人就等於是女人，一個夜等於另一個夜，哪有什麼不同，就像冬天和夏天也不會有兩樣。哈維爾醫生拒絕去區分東西次要的屬性。」

「我都被你看穿了。」哈維爾說。

弗萊斯曼心想，這次和女醫生的約會應該會成功：主任喝太多了，幾分鐘以前席捲他的睡意，似乎讓他的警覺性鬆懈了下來。「喔，我的膀胱。」弗萊斯曼輕描淡寫地說，然後他向女醫生使了個眼色，就往門口走出去。

瓦斯

他來到走道，一想起女醫生整個晚上都在取笑主任和哈維爾那兩個男人，他就覺得很高興。她剛剛還很貼切地罵哈維爾是老奸巨猾，而且他很驚訝地發現，同樣的情況又重複發生了一次，每次都讓他覺得驚奇，因為這種情況總是有某種規律性：女人喜歡他，她們都喜歡他，而不喜歡有經驗的男人，尤其就女醫生這個情況來說（她顯然是個要求極端嚴格的女人、是個聰明絕倫的女人，而且還滿高傲的——不過是一種滿討人喜歡的高傲），這在他是一種前所未有的全新勝利。

當弗萊斯曼經過走道，朝著大樓大門出口走去的時候，整個心思都在想這些。他快要走到通往花園的門口時，忽然有一股瓦斯味鑽進他鼻孔。他停下腳步，嗅了一嗅。味道是從隔開走道和護士休息室的那扇門傳過來的。弗萊斯曼驀然發現自己很害怕。

他第一個想到要採取的行動是，跑回去找主任醫生和哈維爾，可是他立刻又決定用手去抓門把，開開看（可能是因為他覺得門要不是上了鎖，就是被堵住）。他嚇了一跳，沒有想到門是開著的。天花板的頂燈明晃晃地亮著，照著橫陳在臥榻上的一個女人，赤裸著身體。弗萊斯曼游目四顧，看了一下房間的每個角落，然後急忙跑到一台爐子前。他關了本來是開著的瓦斯開關。接著又跑到窗邊，把窗戶開得大大的。

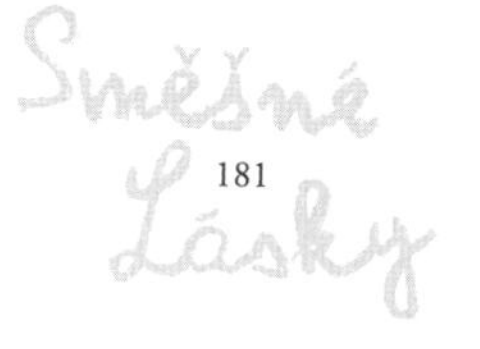

括號裡的評註

（我們可以說，弗萊斯曼很冷靜地處理了這件事，總之，他處理得宜。不過，有一件事他卻沒有冷靜地記取下來。當然，他定睛注視著伊麗莎白的裸體有好幾秒的時間，可是他當時太害怕了，所以在這種害怕情緒的屏障下，他沒有能像我們一樣地在有利的距離從容欣賞她的裸體：

她的裸體美麗絕倫。她仰躺著，頭略微歪向一邊，兩邊的肩膀有點縮在一起，所以兩只美麗的乳房疊在一起，線條非常飽滿。一條腿直直伸著，另一條腿有點弓起來，所以能看到她圓潤的腿臀，以及非常濃密的鬱鬱黑毛。）

呼救

弗萊斯曼把所有的門窗大大敞開以後，就跑到走道上呼救，請人來幫忙。接下來就是一連串迅速有效的措施：做人工呼吸，打電話到急診室，推來了一張運送病人的推床，把她推到值班醫生那裡，再做一次人工呼吸，甦醒，輸血，最後，當伊麗莎白顯然已經獲救的時候，大家深深吐了一大口氣。

※ 第三幕 ※

誰說了什麼

當四位醫生從急診室裡出來，來到院子裡的時候，每個人似乎都累壞了。

主任醫生說：「她破壞了我們的談話會，這個可憐的伊麗莎白。」

女醫生說：「不滿足的女人總是會給人帶來霉運。」

哈維爾說：「真是奇怪。一定得要她開瓦斯，我們才能看到她曲線玲瓏的身材。」

哈維爾說這些話的時候，弗萊斯曼「久久地」看著他。弗萊斯曼也說話了：「我已經沒有心情喝酒，也沒有心情說笑了。晚安。」說完，就往醫院大門的出口走去。

弗萊斯曼的理論

他同事說的那些話，讓弗萊斯曼非常不齒。他從他們的談話裡，看見了老男人、老女人的冷血無情，他們的年紀所表現出來的那種殘酷，在他的青春年華面前，有如一道充滿敵意的藩籬。這也就是為什麼他很高興能夠一個人獨處，毅然決然地一路走回家去，好充分品嘗自己慷慨激昂的情緒：他帶著一種很微妙的恐懼心理，不斷地告訴自己，伊麗莎白差點送了命，這件事他也有責任。

當然，他也不是不知道，會造成自殺的結果，原因不會只有一個，這種事情的理由通常都有一大堆；只是，他不能否認這其中的一個原因——而且可能是其中最具決定性的因素——就是他自己，就是因為他的存在，以及因為他今天晚上的言行舉止。

在這個時候，他深自痛悔。他心裡想，自己真是個自私的人，只是虛榮地把注意力放在他情場得意的這件事情上。他嘲笑自己真是滑稽，竟然因為女醫生對他有好感，而樂得暈陶陶地，變得盲目失了理智。他譴責自己把伊麗莎白當作了受氣包，當嫉妒的主任醫生阻礙了他夜裡的幽會以後，他就把怒氣都傾瀉在她身上。他有什麼權利這樣對待一個無辜的人呢？

然而，這位年輕的醫學院學生並不是一個無善無惡、無是無非渾然一體的原始存在；他每個心理狀態都具有正反兩面的辯證，所以，現在他內在那個被告者的聲音起來駁斥他內在那個控告者的聲音：他對伊麗莎白說那些諷刺的話，的確很不得體，可是如果伊麗莎白沒有迷戀他，那大概也不至於會有這樣的悲劇收場。不過，要是有個女人迷戀他，他又有什麼辦法呢？難道他就得自動地為這個女人負起責任嗎？

他停在這個問題上，覺得這就是開啟人類存在的奧秘之鑰。他甚至停下腳步，以天底下最嚴肅的態度回答自己：是的，他有錯。當他剛剛對主任醫生說：他無心造成的事，根本不是他的責任，他說這句話就錯了。事實上，他能把自己縮減為只是一個有意識、有意圖的人嗎？他在無意間招致的後果，不也是在他自己性格的範圍內嗎？是的，他有罪過；伊麗莎白愛他是他的罪過；不知道她對他有愛是罪過；刻意忽視她對他的愛是罪過；這全是他的罪過。他差一點就害死了一個人。

主任醫生的理論

當弗萊斯曼專注於自我省察的時候，主任醫生、哈維爾和女醫生都又回到值班室去。他們真的是一點也不想再喝酒了。他們靜默了好一陣子。然後，哈維爾醫生才開口：「伊麗莎白怎麼會有這個念頭呢？」

「你不必覺得感傷了。」主任醫生說：「看一個人做這種傻事，我自己才不為所動。何況，如果你不要那麼頑固，如果你對待她的態度，能像你對待其他人那樣，現在也不會發生這種事。」

「謝謝你喔，把她自殺的原因都歸罪給我。」哈維爾說。

「事情可要說清楚，」主任醫生回答：「這不是個自殺事件，而是刻意安排的一場自殺事件，會避免發生不幸的結果。我親愛的醫生，如果一個人想用瓦斯自殺，首先他一定會把門上鎖。不只這樣，他還會仔細地把所有的縫隙堵上，盡可能讓瓦斯味慢一點飄散出去。只是在這件事情上，伊麗莎白想到的不是死，她想到的是你。

「天曉得有多少個禮拜，她一直期待能跟你一起值夜班，而且今天晚上一開始，她就厚著臉皮把注意力都放在你身上。可是你卻那麼地頑固。你越是頑固，她酒就喝得越多，越是想要挑逗你：她說話，她跳舞，只想要為你跳一場脫衣舞……

「你看吧，我心裡還在想，難道這一切沒有讓人感動的地方嗎？當她明白了她沒辦法吸引你的眼睛，也沒辦法吸引你的耳朵時，她就把希望寄託在你的嗅覺上，於是她開了瓦斯。在開瓦斯之前，她先脫光衣服。她知道自己有美麗的胴體，她要迫使你明白這一點。你還記得她離開時說的話嗎：『你們要是知道就好了。但是你們什麼都不知道。你們什麼都不知道。』現在你知道了，伊麗莎白的臉蛋不漂亮，可是她有好身材。這剛剛你自己也承認。現在你也了解了，她不是在胡言亂語。甚至我心裡還在想，現在，你會不會就任她牽著走了。」

哈維爾聳聳肩。「可能吧。」他說。

「我相信是這樣。」主任醫生說。

哈維爾的理論

「你所說的似乎很有道理，主任，可是你的推論犯了一個錯誤：你高估了我在這件事情裡所占的分量。因為問題不在我身上。我又不是唯一拒絕和伊麗莎白上床的人。根本沒有人想要和她上床。

「剛剛，你問我為什麼不要伊麗莎白的時候，我給你的回答是，自由意志多麼美好、我要維護我的自由之類的渾話。可是，那番話其實只是在掩飾真相。因為真相正好相反，而且說起來還不是什麼得意的事：我之所以拒絕伊麗莎白，是因為我根本沒辦法像個有自由意志的人一樣行動。因為拒絕和伊麗莎白上床是時勢所趨，大家都這麼做。沒有人要和她一起上床，而如果有誰和她睡了，他也不

Směšné Lásky

會承認，因為所有的人都會笑他。時勢所趨是一條可怕的巨龍，我只能奴顏婢膝的屈從於它。只是，伊麗莎白已經是個成熟的女人，而這讓她的腦子不清醒。而且說不定，最讓她的腦子不清醒的，是我拒絕她，我，就是我，因為所有的人都知道我什麼女人都要。只是，在伊麗莎白的腦子和時勢之間，我當然更看重時勢所趨。

「而主任，你說得也有道理：她知道她有美麗的胴體，而且她認為她的遭遇非常不公平、非常荒謬，所以她想要為自己辯白。你記得嗎，她一整個晚上都想吸引別人注意她的身體。當她說到她在維也納見過的那位跳脫衣舞的瑞典女孩時，她就撫摸自己的胸部，她還表示，她的乳房比那瑞典女孩的還好看。而且，你記得嗎：一整個晚上，這個房間裡都充塞著她的乳房和她的屁股，就像是充塞著一群示威的群眾。我要很鄭重地說，主任，那是一場示威活動。

「而且，你記得她的脫衣舞吧，你記得她自己是多麼地活在其中吧！主任，這是我所看過最悲哀的脫衣舞。她很熱情地脫著衣服，卻脫不去討厭的護士制服的纏裹。她脫著衣服，卻不能把衣服脫掉。雖然她知道自己不能把衣服脫掉，可是她還是脫，因為她要讓我們了解，她想把衣服脫掉的這個慾望是個多麼悲哀的慾望，根本不可能實現。主任，那不是脫衣服，那是一首脫衣服的哀歌，吟唱著脫衣服的不可能性、做愛的不可能性、活著的不可能性！甚至連這樣，我們都還不願意去聽，我們把頭低下去，假裝冷漠。」

「喔，你這個浪漫的登徒子！你真的以為她想死嗎？」主任醫生忍不住大叫。

「你還記得她在跳舞的時候，對我說了什麼嗎！」哈維爾表示：「她跟我說：『我還活著呢！我還活著呢！』你記得嗎？她從一開始跳舞，就知道自己在幹什麼。」

「那她幹嘛全身光溜溜地死，呃？你要怎麼解釋這件事？」

「她想要像投入情人的懷抱一樣，投入死神的懷抱。所以她才要脫光衣服，梳好頭髮、化好妝……」

「所以她才不鎖門，呃？拜託喔，你幹嘛一直要說服自己相信她真的想去死。」

「也許她也搞不清楚自己到底想要什麼。你知道嗎你，你知道自己想要什麼嗎？我們這幾個人有誰知道自己要什麼的？她想要死，而且她也不想要死。她非常真心地想要死，同時（也是非常真心地），她也想延緩走向死亡的這個行動，而這讓她覺得自己變得崇高偉大起來。你也很清楚，她不想要有人看到她的時候，看到的是棕色的、發臭的，被死亡破壞了形貌的身體。她想要我們看到她美麗絕倫的胴體；那麼美麗、卻一直被低估的胴體，在和死神交媾時，贏回了它的榮耀。她至少要讓我們在這個重要時刻渴求她的身體，羨慕死神能擁有這個身體。」

女醫生的理論

「兩位先生，」一直專心聽著剛剛那兩位醫生說話的女醫生，現在終於打破沉默：「以我一個女人的立場來看，你們說的聽起來都很有道理。就理論本身，你們說的都很有說服力，也都表現出了對生命有深刻的見解。這些理論只有一個缺點，那就是和事實一點也沾不上邊。伊麗莎白根本沒有想要自殺。沒有想要真的自殺，也沒有想要假裝自殺。什麼自殺也不是。」

女醫生停頓了一下，品味著她說這些話所引起的效果，接著才又說：「兩位先生，我看得出來你們覺得良心不安。當我們從急診室回來的時候，你們刻意避開了休息室。你們不想看到那個地方。可是，當你們在為伊麗莎白做人工呼吸的時候，我在那裡仔細地檢查了一下。那裡的爐子上擺了一個鍋子。伊麗莎白是想燒開水泡咖啡，可是她卻睡著了。水溢了出來，澆熄了爐火。」

兩個男醫生和女醫生一起到休息室去看，果然，爐子上有個小鍋子，鍋子裡還剩一點水。

「如果真的像妳說的，那她為什麼會全身光溜溜的呢？」主任醫生不解的問。

「你看，」女醫生指著房間的幾個角落：淡藍色的護士制服丟在窗邊的地上，胸罩掛著，吊在小藥櫃上，白色內褲則丟在對角的地板上。「伊麗莎白把她的衣物四處亂丟，這表示她想要為自己跳完一場脫衣舞，而這是你鄭重禁止的，主任！

「她脫光了衣服以後，想必非常疲倦。可是她不想這樣累倒，因為她對今天晚上還沒有放棄希望。她知道最後我們都會離開，只有哈維爾一個人會留下來。所以她才要吃幾片提神的藥。她想泡一杯咖啡，就在鍋子裡裝了水放在爐子上。然後，她又仔細看自己的身體，而這讓她自己興奮了起來。兩位先生，伊麗莎白有一點勝過你們。她不用理性來看待事情。對她來說，她是美麗無瑕的。她的身體深深激盪著她的心，於是她擺了個淫蕩的姿勢橫陳在臥榻上。可是，顯然地，她的感官還沒得到滿足，瞌睡蟲就先擄走了她。」

「的確是這樣，」哈維爾說：「剛剛我給她吃的還是安眠藥呢！」

「你就是這種人，」女醫生說：「現在，你們還有什麼疑問嗎？」

「有，」哈維爾說：「你還記得她對我們說的那些話嗎：『我才不會那麼早死呢！我還活得好好的呢！』還有她最後說的那幾句話：『你們要是知道就好了。但是你們什麼都不知道。你們什麼都不知道。』她講得那麼哀怨，好像是訣別一樣。」

「喔，哈維爾，」女醫生說：「難道你不知道我們講的話有百分之九十九都是廢話。大部分的時間，你自己不也是只為了說話而說話。」

這幾位醫生又繼續閒聊了一會兒，然後就各自離開；主任、女醫生和哈維爾握了一下手，也走了。

花香飄盪在夜晚的空氣中

弗萊斯曼終於走到了郊區，他就住在郊區父母親的家裡，一棟周圍有花園的小房子。他推開了圍欄，但是沒有走到房子入口，就坐在院子裡的椅凳上；這張椅凳上長滿了他媽媽細心照顧的玫瑰花。

玫瑰花的香味飄盪在夏夜的空氣中，而「罪過」、「自私」、「被愛」、「死亡」這些字眼一直在弗萊斯曼胸中盤桓，使他亢奮難以自持；他覺得自己的背上都快長出翅膀來了。

在憂鬱、幸福雜陳的情緒中，他心裡明白從來沒有人這麼愛過他。事實上是有女人對他表示過感情，可是，在這個時刻，他要強迫自己冷靜理智地想一想：那真的都是愛嗎？他不是有時候也會沉溺在幻想裡嗎？他不是幻想的時候多過於活在真實的時候嗎？舉例來說，克拉拉對他好其實是基於利害關係，而不是因為愛他，不是嗎？她把他為她找房子的事看得比他本身還重要，不是嗎？這一切和伊麗莎白所做的比較起來，顯得多麼地黯淡無光。

一些偉大的字眼飄盪在空中，弗萊斯曼心裡想，衡量愛情只有一種判斷標準：死亡。真愛的終局，就是死亡，只有以死亡為終局的愛，才是愛。

玫瑰花的香味飄盪在空中，弗萊斯曼心裡想：有誰像這個醜女人這樣地愛過他嗎？可是以愛來看，美或醜算得了什麼呢？以能夠反映出「絕對」的那種偉大情感來看，臉蛋長得醜算得了什麼呢？

（「絕對」？是的。弗萊斯曼是個青少年，他不久前才走入成人不確定的世界裡。他盡其所能地去誘惑女孩子，可是他殷切尋覓的是令人舒慰的擁抱、無止境的擁抱、能救贖他的擁抱，這種擁抱會把他從殘酷的相對性中拯救出來，而這種相對性就存在於他新近發掘的世界裡。）

※ **第四幕** ※

女醫生又回來

哈維爾醫生身上蓋著一條輕軟的毛毯，躺在臥榻上休息，這時候，他忽然聽見敲玻璃窗的聲音。在月光的照耀下，他看見了女醫生的臉出現在窗口。他打開窗，問：「怎麼了？」

「讓我進去。」女醫生一邊說著，一邊機敏地往大樓的入口走去。

哈維爾扣好襯衫的釦子，嘆了一口氣，走出值班室。

他開了大樓入口的門，女醫生沒有多解釋什麼，就一個勁兒地往裡面走。走到值班室的扶手椅上坐定了，和哈維爾面對面，才說她不能回家，說她的心情亂糟糟，根本沒有辦法入睡，而且她要哈維爾稍微再和她聊一會兒，好讓她平靜下來。

女醫生說的話哈維爾一句也不相信，並且，他很沒有教養地（或者說是不小心地）把這個念頭都表現出來。

milan kundera

所以女醫生對他說：「當然，你不相信我的話，因為你認定我回來是想跟你上床。」

哈維爾醫生做了個動作否認，可是女醫生繼續說：「顯然，你是個虛榮的唐璜！你以為要是有女人看你，想到的都只有那回事。而你，就一副不甘不願的樣子，倒著胃口地被迫完成你可憐的任務。」

哈維爾又做了個動作否認，可是女醫生點了一根菸，懶洋洋地噴了一口，接著說：「可憐的唐璜，你別怕。我不是要來糾纏你。你和死神根本沒有任何共通點。那些都只是我們那親愛的主任似是而非的說法而已。什麼女人你都要，根本沒這回事，道理很簡單，因為並不是所有的女人都等著你來要。就拿我來說吧，我可以向你保證，我對你是完全免疫的。」

「妳來就是要告訴我這件事嗎？」

「可能吧。我本來是想來安慰你的，來告訴你一點也不像死神。而我，我是不會讓你要了我的。」

哈維爾的道德觀

「妳真是個好心人，」哈維爾說：「好心地不會讓我要妳，而且又好心地跑來告訴我這件事。妳說得對，我和死神沒有任何共通點。我不只沒有要伊麗莎白，我也不會要妳。」

「喔！」

「我的意思不是說，妳不吸引我。事實正好相反。」

「那又怎樣？」女醫生說。

「是的，妳非常地吸引我。」

「那麼，你為什麼不想要我？是因為我對你沒興趣嗎？」

「不是，我想跟這個沒有關係。」哈維爾說。

「那為什麼呢？」

「因為妳是主任的情婦。」

「所以呢？」

「主任會吃醋。這會傷他的心。」

「你這麼有良心啊？」女醫生笑了起來。

milan kundera

「妳知道，」哈維爾說：「我的人生和女人已經有不少牽扯，所以我更加看重和男人之間的友誼。這種沒有被愚蠢的性愛污染的友誼，是我在生命中發現唯一有價值的事物。」

「你認為主任是個朋友？」

「主任為我做了很多事。」

「他為我做了更多事。」女醫生反駁。

「可能。」哈維爾說：「可是這和我感激他沒有關係。我認定他是個朋友，就這樣。他是個了不起的傢伙，而且他真的喜歡妳。如果我對妳有所企圖，我一定會覺得自己很下流。」

惡意中傷主任醫生

「我沒有想到，」女醫生說：「會從你的嘴巴裡聽到這麼誠摯的頌讚友誼！我對你真是要刮目相看了，醫生，真沒想到你有這一面。你不只有感情——這完全是別人沒想到的，而且你還對一個頭髮花白、禿了頂的老先生有感情，而別人只覺得這位老先生很可笑。你剛剛沒有注意他嗎？你有沒有看到他今天晚上一直想要吸引大家的目光？他老是想要證明一些別人不相信的事。

「首先，他就想證明自己很機智。你也聽見他說的了。他一整個晚上說的都是廢話，他只是想讓聽眾開開心，裝得很風趣的樣子，說什麼哈維爾醫生就像死神，又胡亂編造一些話，說什麼有幸福的婚姻真是不幸（這種話我已經聽過不下一百遍！），而且他還想牽著弗萊斯曼的鼻子走（他以為這需要什麼機智的呢！）。

「其次，他想要別人認為他是個很有度量的人。事實上，他痛恨那些頭上還長著頭髮的年輕人，可是他對年輕人反而更刻意表現出善意。他奉承你，他奉承我，他對伊麗莎白很和善，好像是她的父執輩一樣，而且他戲弄弗萊斯曼，還很謹慎地不讓弗萊斯曼發現實情。

「再來，這一點最嚴重，他想要證明他的魅力無人能擋。他拚命地想把現在這副尊容藏在他過去的外表下。不幸的是，他和以前再也不一樣了，而且我們也沒有人記得他以前的長相。你也看到了，他剛剛多麼巧妙地移轉話題，故意要把拒絕他的那個小婊子的故事說給我們聽，他的目的也不過是藉機讓人想起他以前的長相，好忘記他可憐的禿頭。」

milan kundera

為主任醫生辯護

「妳提到的這些差不多都是實話，親愛的女士，」哈維爾回答：「可是這幾點只是讓我更有理由——更有好理由——去喜歡主任，因為這讓我覺得跟他更親近，這大概是妳沒想到的。妳想我怎麼會嘲笑禿頭，說不定哪一天那就換成是我？妳想我怎麼會嘲笑主任那麼賣力地掩飾他現在的面目？

「一個老男人對他現在的長相——也就是說對自己所剩下來的渣滓——或者接受，或者不接受。然而，要是他不願意接受，他能怎麼辦呢？他也只能假裝自己不是現在這個樣子；他也只能賣力地模仿，好創造出一個他已經不再擁有的自己，創造出一個他已經失去的自己；他也只能杜撰、扮演、模擬他是個快樂無憂、朝氣蓬勃、真摯熱情的人。想讓自己年輕的影像再活過來，盡全力讓自己和這個影像融合起來，盡全力讓它來取代現在的自己。在主任的這場戲裡，我看到的是我自己，是我將來的自己——當然，這是指如果我有足夠的力量拒絕屈從這樣的人生定數的話，將來的我也會是這樣。畢竟，屈從於人生定數，和悲哀的扮演那齣笑劇比起來，更是罪惡。

「也許妳對主任的那場戲另有洞見。可是對我來說，我只有更加喜歡他，而且我永遠不會去傷害他，這結果就是我永遠不會跟妳上床。」

女醫生的回答

「我親愛的醫生，」女醫生回答：「我們之間的差異並沒有你所想的那麼大。我也一樣很喜歡主任。我也完全和你一樣，非常同情他。而且我虧欠他的比你虧欠他的還多。要不是他，我不會有這麼好的職位。（這個你很清楚，所有的人也都很清楚這一點。）你以為是我牽著他的鼻子走嗎？以為我對他不忠嗎？以為我還有其他的情人嗎？要是有這種事的話，大家早就樂得跑去告訴他了！我不想傷害任何人，不想傷害他，也不想傷害自己，所以我比你以為的更不自由。我完全被綁住了。可是我很高興，我們兩個人現在對彼此都有所了解。因為如果說我願意為了誰對主任不忠的話，你就是那唯一的一個了。的確，你真心地喜歡他，你也永遠不會傷害他。你會非常地謹慎小心。我可以信賴你。所以我願意和你上床……」於是，她坐到了哈維爾的膝頭上，開始解他的釦子。

哈維爾醫生怎麼做呢？

他還能怎麼做……

milan kundera

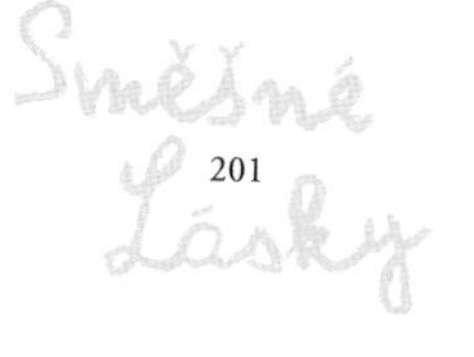

※ **第五幕** ※

在高貴情感的漩渦中

夜盡天明，弗萊斯曼下樓到花園去，採了一些玫瑰花。然後他搭電車到醫院去。

伊麗莎白躺在急診室的一間個人病房裡。弗萊斯曼坐在床頭，把花放在床邊的小桌子上，握著她的手摸摸脈搏。

「有沒有好一點？」他問。

「嗯。」伊麗莎白說。

弗萊斯曼用充滿感情的聲音說：「妳不應該做這種傻事的，傻女孩。」

「是啊，」伊麗莎白說：「可是我睡著了。我把水煮開，想泡杯咖啡，可是卻睡得像個白癡。」

弗萊斯曼看著伊麗莎白，愣住了，因為他沒想到她會這麼地寬厚：伊麗莎白不想讓他覺得內疚，她不想以自己的愛來折磨他，她否認自己的愛！

他撫摸著她的臉頰，感情澎湃，他很柔情地對她說：「我都知道了。妳不需要騙我了。不過我很謝謝妳撒這個謊。」他知道他在其他女孩子身上再也找不到這麼高貴、捨己、忠貞的情感了，他幾乎禁不住慾望，想向她求婚。可是，在最後一刻，他還是克制住了（我們總會有足夠的時間求婚的），只對她說：

「伊麗莎白，伊麗莎白，我的傻女孩。我帶了這些玫瑰花來給妳。」

伊麗莎白非常吃驚地盯著弗萊斯曼看，說：「給我的？」

「是的，給妳的。因為我很高興能在這裡陪妳。因為我很高興妳還活著，伊麗莎白。說不定我愛上妳了。說不定我非常的愛妳。可是，正因為這樣，所以也許我們最好還是維持現在這種狀況。我認為，一個男人和一個女人不一起生活會更相愛。當他們彼此只知道對方存在著這件事的時候，他們會更相愛。而且，他們會互相感謝對方，因為他存在著，也因為他知道對方存在著。而這樣就很夠他們高興的了。我要謝謝妳，伊麗莎白，我要謝謝妳存在著。」

伊麗莎白聽不懂他在說什麼，可是她還是蠢蠢地怡然自得地笑了起來，隱隱約約地覺得幸福，覺得充滿希望。

然後，弗萊斯曼站了起來，用手捏捏伊麗莎白的肩膀（象徵了一種謹慎而有所保留的愛），就轉身離開了。

萬物無常

「我們美麗的女同事，今天早上煥發著無比青春的光彩，她一定是已經想過了要怎麼解釋這個事故，」主任醫生對女醫生以及哈維爾這麼說，這時候他們三個人都在辦公室裡。他說：「伊麗莎白想燒開水泡咖啡，卻睡著了。至少，她是這麼說的。」

「你們看吧。」女醫生說。

「我倒是什麼也看不出來，」主任醫生說：「終究，沒有人知道到底發生了什麼事。說不定那個鍋子本來就在爐子上了。如果伊麗莎白要開瓦斯自殺，她根本也不必移開鍋子。」

「可是她自己都已經解釋了！」女醫生表示。

「她耍完我們、嚇完我們之後，當然想要我們相信這都是鍋子惹的禍。各位別忘了，在我們這個國家，自殺未遂是會自動被送到精神病院治療的。這可不是鬧著玩的。」

「這個自殺事件很中你的意喔，主任？」女醫生說。

「我是很想讓哈維爾覺得內疚，就這麼一次就夠了。」主任醫生笑著說。

哈維爾的懊悔

在主任醫生看似平淡無事的話裡，似乎暗藏著一把刀，要在哈維爾的良心上戳個洞，譴責他，讓他覺得愧疚。「主任說得對。」他說：「這不一定必然是企圖自殺，不過卻很可能是企圖自殺。何況，坦白說，我是不會怪伊麗莎白的。你們說說看，在我們的生命裡，有沒有一種絕對價值，它可以駁斥自殺，讓自殺站不住腳，以至於能夠勸阻人自殺？愛情會是這種絕對價值嗎？或者是友誼？我可以向各位保證，友誼和愛情一樣地脆弱，在友誼的基礎上是不可能建立什麼的。或者，愛惜自己是這種絕對價值嗎？我倒希望它是。主任，」哈維爾的語氣很熱切，可是別人聽起來反而像是他很懊悔。他最後說：「我可以跟你說一句實話，我一點也不愛我自己。」

「諸位男士，」女醫生臉上帶著微笑說：「如果這能美化你們的人生、拯救你們的靈魂，那我們就一致協議：伊麗莎白真的想要自殺。同意嗎？」

快樂的結局

「夠了，夠了，」主任說：「我們換個話題吧。哈維爾，你那些話污染了美麗早晨的清新空氣！我大你十五歲。我很不幸地有個幸福的婚姻，所以我沒有辦法離婚。而且我在愛情上也很不得意，因為，唉，我愛的女人就是這位女醫生！不過，我在這世界上活得滿快樂的！」

「好，很好，」女醫生握著主任醫生的手，出奇溫柔地對他說：「我也是，我在這世界上也活得滿快樂的。」

這個時候，弗萊斯曼也來了，加入了這三位醫生的談話，他說：「我剛剛從伊麗莎白的病房出來。她真是一個非常善良的女孩。她什麼都否認。她一切都自己承擔。」

「你們看吧，」主任醫生笑著說：「剛剛，哈維爾差一點就要把我們都推去自殺。」

「顯然，」女醫生走到窗戶邊，說：「今天又是美麗的一天。天空這麼的藍，你說是不是啊，弗萊斯曼？」

幾分鐘以前，弗萊斯曼還在責怪自己，只用一束玫瑰和幾句好聽的話，就讓自己抽身，這種行為未免虛偽，可是現在，他卻很慶幸剛剛還好沒有太衝動。他接收到了女醫生的暗號，也明白它的意義。弗萊斯曼和女醫生昨天晚上被瓦斯味破壞的那個幽會，現在就在中斷的地方又搭上了線。弗萊斯曼忍不住對女醫生笑了笑，甚至就當著主任的面，不顧他嫉妒的眼神。

於是，故事在昨天結束的地方重新開始，可是這個時候，弗萊斯曼覺得自己年紀大了許多，也更加強健。他已經經歷過了如死亡一般偉大的愛情。他覺得胸口如潮湧，而這是他從未體驗過的最高漲、最強勁的波濤。因為這麼有快感地激奮著他的，是死亡：有人把死亡當禮物送給他；一個燦爛輝煌、使人精神振奮的死亡。

二十年之後的哈維爾醫生

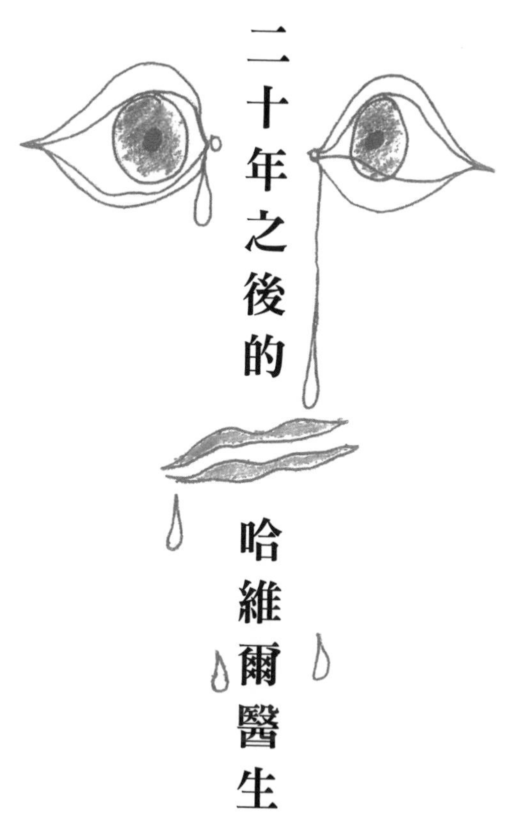

Směšné Lásky

1

哈維爾醫生要到溫泉療養院的那一天，他美麗的妻子眼睛裡噙著淚水。這當然是憐惜他的淚水（不久前哈維爾的膽囊有毛病，而在這之前，他妻子從沒見過他受病痛的折磨），但同時，這也是吃醋的淚水，這三個禮拜的分離在她心中激起了痛苦的嫉妒之情。

什麼，你沒說錯吧？這個又漂亮、又受人仰慕、又比他年輕許多的女演員，會吃一個老男人的醋？而且最近幾個月，這個老男人每次出門都得把藥錠放在口袋裡，以防病痛突然發作？

可是事情真的就是這樣，沒有人了解她這層心理。甚至連哈維爾也不了解，從她表面上看，哈維爾認為她很堅強、很莊重自持。幾年前，他剛對她有比較深入的了解，發現她很單純、很害羞、很喜歡待在家裡，而這在他看來更添魅力。但奇怪的是，甚至他們結了婚以後，女演員從來不認為自己的青春占了優勢；她被愛情所摧折，被她丈夫喜歡拈花惹草的壞名聲所摧折，她總認為他不可捉摸、難以把握。儘管，他一天接著一天以無比的耐心（以及絕對的真誠）努力說服她，她是他的唯一，他不會再有別的女人，但是她依然吃醋吃得非常厲害。還好是她本性端莊，掩飾得好，沒讓惡劣情緒大大沸騰起來，衝開鍋蓋；要不然可就有得瞧。

這一切哈維爾都知道，有時這會讓他感動，有時這會讓他惱火，甚至開始覺得厭煩，可是因為他愛他的妻子，所以只要能減輕她的痛苦，他都願意去做。這一次，他也試著要幫助她：他誇大自己的病痛，誇大他的健康狀況嚴重不佳。因為他知道，他的妻子一想到他的病就會害怕，這種害怕對她有振奮、提神的效果，而他健康良好時（有那麼多不忠實的行為、有那麼多的誘惑）在他妻子身上所引發的恐懼，則會損傷她。這也就是為什麼，他常常會在談話的時候提到芙蘭蒂絲卡那位女醫生，說在療養院休養期間會由她來照顧他。女演員認識這位女醫生，她想到女醫生的樣子，看起來很溫和、寬厚，一點也不會讓人起色心，她就放心了。

哈維爾醫生坐在大巴士裡，看著他可愛的妻子淚眼汪汪地站在站台旁邊，老實說，他心裡感到十分寬慰，因為她的愛固然讓他覺得甜蜜，但也給他壓力。然而他在溫泉療養院過得並不是那麼稱心。他的皮囊每天都要在溫泉裡泡三次，而一做完這溫泉水療法，他就全身疼痛，疲乏不堪；當他在柱廊下遇見漂亮女人時，他竟然發現自己覺得老了，居然對她們沒有慾望。唯一他看膩了也得看的女人，是善良的芙蘭蒂絲卡，她幫他打針，幫他量血壓，觸診他的肚子，告訴他許多溫泉療養院發生的事，也跟他提到她的兩個孩子，尤其是，據說跟她長得很像的那個兒子。

當他收到妻子的來信時，他的情緒正處在這樣的狀態。啊，真是不幸！這一次，他妻子的端莊再也壓不住鍋蓋，沸騰的醋意一直往外冒出來；這封信裡充滿了悲歎與怨言。她說，她不想責備他什麼，可是她晚上沒辦法闔眼；她說，她很清楚她的愛困擾著他，而且她完全能想像，他一定很高興能在離她很遠的地方休養；是啊，她非常清楚他已經受不了她，她自己也知道她太脆弱了，無法改變他的人生，他一輩子就是要混在女人堆裡；是啊，她都知道，她不抗議什麼，可是她眼淚不斷地掉下來，晚上沒辦法睡覺……

當哈維爾醫生看完這封如泣如訴的長信以後，他覺得三年來所下的工夫都白費了，三年來他耐著性子在妻子面前表現出自己是浪子回頭、是專情的丈夫；而現在這讓他覺得極度地疲憊、極度地失望。他很生氣地把信揉成一團，丟進垃圾桶。

2

第二天，他覺得整個人舒服多了；他的膽囊也不再痛，而且早晨看見幾個女人在柱廊下散步時，他也開始覺得有慾望，這慾望雖然微弱，但很明確。不幸的是，這個小小的進步卻被一項驚人的發現抹殺了：這些女人從他身邊經過時，一點都不注意他；在她們眼中，他只不過是那一群喝著礦泉水的蒼白病人中的一個……

「你看，已經好多了，」早晨，他的女醫生芙蘭蒂絲卡聽過診以後，對他這麼說。「但是，你一定要嚴格遵守飲食上的限制。幸好，你在柱廊下遇到的那些女病人，都上了年紀，而且病得不輕，不會讓你動心，這樣對你比較好，因為你現在最需要的是安靜休息。」

哈維爾把他的襯衫塞進褲頭裡；這時候，他就站在洗手台上面的那面小鏡子前，悶悶不樂地仔細察看自己的臉，然後，很難過地對女醫生說：「妳說錯了。我發現在柱廊下散步的那些老女人裡，有幾個很漂亮的年輕女孩。只是，她們根本沒注意到我。」

「你說什麼我都相信，但是這個嘛，我不信！」芙蘭蒂絲卡不同意他說的。

哈維爾醫生把眼睛從鏡子裡那個可悲的影像移開，轉而注視女醫生那雙老實可

Směšné Lásky

靠、太容易相信別人的眼睛；他很感激她，但他心裡很清楚，她這麼說不過是在傳達她對他某種根深柢固的看法，認定他就是她習以為常的那號人物（她並看不慣他這號人物，可是她對他還是很仁慈）。

這時候有人敲門。芙蘭蒂絲卡開了門，一名年輕男子哈著腰恭恭敬敬的出現在門口。「啊，是您啊！我完全把您忘記了！」她請這位年輕人進來診療室裡，然後向哈維爾解釋，說：「兩天前，這裡一份地方性雜誌的總編輯就一直想要找你。」

這位年輕人不斷地跟他道歉，說很不好意思在這種時候來打擾哈維爾醫生，他努力想表達得輕鬆（唉，他的態度反而顯得彆扭，讓人看了不舒服）：他要哈維爾醫生別怪這位女醫生洩漏了他的行蹤，因為，不管怎麼樣，記者總會有辦法找到他的，必要的時候還可能趁他泡溫泉時去找他；他還要哈維爾醫生也別責怪記者的厚臉皮，因為這是記者在職業上必備的特性，缺了這個他就沒辦法做這一行。然後，他花了很長的時間談他們這份畫刊，每月一期在溫泉療養院這小鎮出版，每一期都會有一篇訪談，訪問到這裡來療養的生病的名人；他提到之前採訪過的幾個人，其中包括某位政府官員、某位歌劇女演唱家，以及某位冰上曲棍球選手。

「你看吧，」芙蘭蒂絲卡說：「杜廊那裡漂亮的女人對你不感興趣，可是，這些記者們對你可非常有興趣呢。」

「妳看我淪落到什麼地步。」哈維爾說。可是他還是很高興有記者對他感興趣；他對著這位年輕人笑，裝模作樣的擺出一副很誠懇的樣子回絕記者：「可是，先生啊，我既不是政府官員，也不是曲棍球選手，更不是唱歌劇的女演唱家。當然，我並不是低估我研究工作的重要性，可是只有專家會對我這工作感興趣，而不是一般大眾。」

「可是我要採訪的不是您；我根本沒有想到要採訪您，」這位年輕人立刻很坦白地表示：「我想採訪您的夫人。聽說她要到療養院來探望您。」

「你的消息比我還靈通嘛！」哈維爾醫生語調冷淡了下來；然後，他走到鏡子前，再次仔細端詳自己的臉，這張臉讓他討厭。他扣著襯衫領口的釦子，一語不發，這時候，那位年輕記者處境非常尷尬，他剛剛還很自傲地說厚臉皮是記者職業的特性，現在他這項特性卻不見了。他向女醫生道歉，向哈維爾醫生道歉，他一出診察室，便如釋重負。

3

應該說這位記者是莽撞，而不是愚蠢。他不是太看重溫泉療養院的這份畫

milan kundera

刊，可是因為他是唯一的編輯，所以他得盡一切可能，每個月用照片和文字填滿二十四頁的內容。夏天的時候，這個工作比較容易完成，因為許多名人都會出現在這裡，有不同的樂團會到這裡來辦露天演奏會，不愁沒有各種聳動的小道消息。相反的，一到多雨的月份，柱廊底下就只會有鄉下女人和無聊，所以有任何機會他都不能放過。因此，當他昨天晚上聽說，這裡有個病人是某位著名女演員的先生時，他就聞風而至，立刻打聽他的行蹤。這位女演員最近才主演了一部偵探片，最近幾個禮拜，這部片子在溫泉療養院這裡大受歡迎，活絡了一下這裡沉悶的氣氛。

可是現在，他覺得很丟臉。

其實，他一向對自己沒信心，對他常常要接觸的那些人老是卑躬屈膝地；他很膽怯，總是以這些人的眼光來看自己是個什麼樣的人，來判斷自己的價值是什麼。這時候，他自己認為人家一定覺得他可悲、很愚蠢、很討人厭，而且更讓他覺得難受的是，這樣子看他的這個人，是他第一眼就覺得很喜歡的人。這也就是為什麼，心裡惴惴不安的他，同一天就打電話給女醫生，問她女演員的先生到底是誰，他這才知道這位先生是醫學界的權威，而且除了這個頭銜以外，他也是赫赫有名；女醫生問他，他當個記者怎麼會沒聽說過這個人？

這位記者坦承他的確不認識他，女醫生很寬容地對他說：「對嘛，你還只是個小孩子。幸好，哈維爾醫生表現傑出的那一科，你是完全外行。」又問了其他人幾個問題之後，他才明白剛剛女醫生所影射的，原來哈維爾醫生的專長是在性的方面，據說，在這個領域裡，哈維爾醫生是本國無人出其右的權威。被人家認為無知，已經讓他覺得丟臉，而且，沒聽過哈維爾醫生的大名讓人更確定他很無知，尤其使他丟臉。他總是幻想，有一天自己也能像這個男人一樣成為行家，誰知道自己竟然就在他面前、在這位大師面前，表現得像個讓人討厭的笨蛋，他一想到這個就忍不住生悶氣；他還記得他說得囉哩巴嗦的，又說了那些愚蠢的玩笑話，一點講話的技巧都沒有。他只得謙卑地承認，這位大師剛剛無言的譴責、眼睛空茫茫地盯著鏡子看，他給他的這種刑罰在法律上是站得住腳的。

溫泉療養院並不大，不管願意不願意，每個人在這裡都會和同樣的人一天碰到好幾次面。發生了這段小故事以後，這位年輕記者很快又遇到了他掛在心上的那個男人。

這時正當午後，一大群肝病患者在柱廊下走來走去。哈維爾醫生正小口小口地啜著瓷杯裡那種難聞的水。這位年輕記者走到他身邊，又慌亂畏怯地跟他說抱

Směšné Lásky

歉。他說，他一點也沒有想到著名女演員哈維爾夫人的先生就是他，哈維爾醫生，而不是另外一個哈維爾；在波西米亞有很多人姓哈維爾，而很不幸的，他沒有把女演員的先生和這位著名的醫生聯想在一起，當然，他早就聽過這位醫生的大名，不只是因為他是醫學界的權威，也因為——恕他冒昧直言——他有很多傳聞，和各種軼事。

無可否認的，心情低落的哈維爾醫生很高興聽見年輕記者的這番話，尤其是所謂傳聞和軼事的部分。哈維爾自己很清楚，這些傳聞、軼事就像人一樣逃不過生命的法則，會變老，也會被人遺忘。

「你不必跟我說抱歉。」他對這位年輕人這麼說，當哈維爾發覺他很困窘時，便輕輕挽起他的手臂，請他陪他在柱廊下散散步。「那些事根本不值得一提。」他說這句話來安慰年輕記者，可是同時，他還是滿樂於把話題停在年輕記者剛剛的道歉上，並且問了他好幾次：「喔，是這樣嗎，你真的聽說過我？」而且他每次問都笑得很開心。

「是啊！」記者也很熱烈的回應。「可是我從來沒想過你是這個樣子。」

「那你想我是什麼樣子？」哈維爾醫生問，他對這個問題真的很感興趣。記者卻不知道該怎麼說，只支支吾吾地漫應著。哈維爾傷心地說：「我知道。小說、傳說或是滑稽故事裡的人物，是和真實人物相反，他們的質性不受歲月的支配。不，我的意思不是說，傳說和滑稽故事因為這樣就會成為不朽；它們還是必定會變老，其中的人物也會隨之變老；只是它們變老的方式是容貌不變、也不會變成別的模樣，只是會漸漸模糊，慢慢消逝，最後散失在透明的空氣中。莫寇爺爺（pepe le Moko）[2]和獵豔者哈維爾就是這樣消散不見的，摩西、雅典娜帕拉斯女神（Pallas Athena），或是盤坐者聖法蘭沙（saint Francois d'assise）也是這樣消散不見的；想想，法蘭沙也會這樣慢慢的和停在他肩膀上的小鳥、和蹭著他大腿的孔雀、和為他遮陰的橄欖樹一起消逝；想想，他四周的風景也會慢慢地隨著他一起消逝，和他一起變成天上的安慰者。而至於我，我親愛的朋友，像我這樣子，什麼都不是，從傳說裡被拔除了出來，我會消逝在色彩刺眼、狂暴的風景畫背景中，消逝在一個生氣蓬勃而喜歡嘲諷的年輕人眼前。」

哈維爾醫生這番話讓年輕記者聽了覺得很窘，可是也覺得很亢奮；他們兩個男人在漸深的暮色中還散步了好一會兒。分手的時候，哈維爾說他吃膩了療養院規定的飲食，明天很想大快朵頤；他問年輕記者，願不願意和他一起用餐。

他當然願意了。

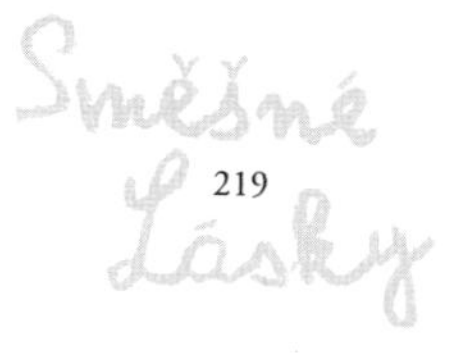

4

「別跟女醫生說，」哈維爾和年輕記者面對面坐在餐桌旁，眼睛緊緊盯著菜單，看得入了迷。哈維爾說：「我對控制飲食有我自己的一套想法：所有我不想吃的菜，就避開不吃。」然後他問年輕人要喝什麼飯前酒。

記者沒有在飯前喝一杯酒的習慣，所以他想不起來有什麼別的好點的，就回答了：「一杯伏特加。」

哈維爾醫生顯得很不高興：「伏特加，散發著俄國靈魂的臭味。」

「的確！」年輕人說。可是從這時候開始，他似乎就有點失神。他就像是參加中學畢業會考的考生，面對著評審老師，接受口試。他不說自己心裡所想的，不做自己想做的，只是努力想要讓評審老師滿意；他努力去猜他們的想法、他們的興致、他們的喜好；他希望自己配得上他們。再怎麼樣，他也不會承認他三餐都吃得很差、很普通，不會承認他根本不知道吃什麼肉該配什麼酒。而哈維爾醫生在無意間卻一直在折磨他，不斷問他前菜要點什麼、主菜要點什麼，要喝什麼

2. 早期一部法國電影裡的人物。

酒，吃哪一種乳酪。

當年輕記者發現評審老師在美食口試上給他很低的分數時，他非常賣力地想要挽回一點失分；趁著前菜和主菜之間的空檔，他公然地仔細觀看這餐廳裡的女人；然後對她們品頭論足，展現他的興趣所在，以及他豐富的經驗。這次，他還是失敗了。當他提到那個紅髮女郎——她和他們隔著兩張桌子——一定是個很棒的情婦時，哈維爾醫生沒有惡意地問他為什麼會這麼覺得。年輕記者只能支支吾吾地，說不出個所以然，而當哈維爾醫生進一步問他，他對紅髮女郎的經驗時，他胡亂編了一些謊言，越說越瞞不過去，最後只好趕快打住。

相反的，哈維爾醫生面對著年輕記者讚嘆的眼光，卻覺得輕鬆自在，心情很愉快。他點了一瓶紅酒來搭配牛肉，而年輕記者在酒精的激勵下，又試著想要表現自己跟得上大師的品味；大談他最近認識的一個年輕女孩，說他這幾個禮拜都在追這個女孩，看來似乎很有希望追到手。他這番告白說得很浮泛，臉上堆滿了不自然的笑容，他這種刻意表現的曖昧神色，徒然流露出他內心煩擾不安。哈維爾很清楚這一點，但因為同情他，就特別問年輕記者他說的這個女孩長相有哪些特徵，刻意要讓他在這個他有興趣的話題上多談一點，讓他更自由發揮。可是這一次，年輕記者還是搞砸了：他的回答還是含含糊糊的；他沒辦法很明確地描述

milan kundera

這女孩身材大致的樣貌，也沒辦法仔細說明她五官的特色，更別提她有什麼樣的個性了。所以最後，哈維爾醫生只好自己負責所有的對話，讓自己沉醉在酒意中、沉醉在夜晚的舒適愜意中，他對著年輕記者做一番心靈獨白，談起往事，談起他那些軼聞，以及他那些充滿機智的名言。

年輕記者慢慢地喝酒，聽他說話，可是在這時候，他心裡的感受很矛盾：剛開始，他不開心：他覺得自己很卑微、很愚蠢，自己好像是一個帶著疑惑的學生面對著一位如假包換的大師，而且他羞於開口搭腔；可是在另一方面，他又很開心：他覺得自己很得意，因為這位大師就坐在他面前，把他當成朋友一樣，向他傾吐最貼近他內心的各種想法。

哈維爾醫生滔滔不絕地講了好久，年輕人也很想開口說幾句話，他插了個嘴，附和他的說法，表現出自己也是對話的一方；所以，他又抓到了個機會把他那位女朋友帶進話題裡，衷心邀請哈維爾醫生明天去見見她，憑他的閱歷幫他判斷一下這個女孩怎樣；換句話說（沒錯，他在衝動之下就是用這個字眼），請他來「檢核」她。

他怎麼會有這個想法呢？是被酒氣薰昏了頭，亢奮得想隨便說些話，才突然有這個念頭的吧？

雖然這是臨時起意，但這位年輕記者還是想從這裡得到三點好處：

——一起暗中從事這項鑑定工作（檢核），可以讓他和大師之間有個秘密聯繫，能更加鞏固同謀關係、同志情誼，而這是年輕記者所渴望的；

——要是大師讚賞這個女孩（年輕人自己是這麼希望，因為他深深被這個女孩吸引），等於也是對他的讚賞，讚賞他的眼光、他的品味，那他在大師眼中，就可以從學生晉級為夥計，而且這也會讓他自己顯得比較重要；

——最後一點：年輕女孩在年輕人眼中也會顯得更珍貴，而且他從女孩身上所獲得的快樂，也會從虛構的轉變為真實（因為這年輕人有時候會覺得，他所存在的這個世界，對他來說是個迷宮，各樣事物的價值在他看來都很不明確，唯有經過別人的「校驗」，事物的表面價值才能轉變為真正的價值）。

5

哈維爾醫生第二天醒來時，感覺昨天晚上吃的那一餐，讓膽囊微微發痛。他看看錶，發現再過半個小時他就該去做溫泉水療，所以他得趕快了，而這個世界上他最痛恨的事就是趕時間。梳理好以後，他看見自己在鏡子裡的模樣，覺得那樣子很討人厭。這一天沒個好開始。

他甚至沒時間吃早餐（他也覺得這是個不好的兆頭，因為他喜歡生活作息有一定的規律），匆匆忙忙地就往有溫泉的那棟建築物走去。到了那裡，他走進一條長長的走廊；他敲了敲門，一位穿著白色護士制服的美麗金髮女郎來應門；她沉著臉告訴他他遲到了，然後請他到裡面去。哈維爾在一個更衣室裡的屏風後面脫下衣服。「喂，好了吧？」不多久他就聽到有人喊。那是女按摩師的聲音，她的聲調越來越沒有禮貌，激怒了哈維爾醫生，讓他很想報復，扳回一城（唉，這幾年來，哈維爾醫生就只懂得一種報復女人的方法！）。因此，他脫下內褲，縮起小腹，挺起胸膛，想要這樣子走出更衣室；可是接下來，他立刻很厭惡自己這種小人行徑，要是別人這麼做，他一定會覺得很可笑。於是，他舒舒服服地凸著自己的肚子，以最適合自己的懶散態度，走向溫泉大浴缸，泡在溫熱的水裡。

女按摩師完全無視於他的胸膛和肚子，只是轉動著幾個水龍頭把手；當哈維爾醫生平躺在大浴缸裡時，女按摩師從水底下抓住他的右腳，拿著水流強勁的一根管子，噴口平貼著他的腳掌。哈維爾醫生很怕癢，忍不住抽動著腿，女按摩師要他自己控制一下，別亂動。

要讓這個金髮女按摩師別再這麼冷冰冰的、不禮貌，對哈維爾醫生來說一點也不難，他只要講一句玩笑話、閒扯幾句，或是問個滑稽的問題，就能擺平，可是哈維爾醫生這時候太生氣了，覺得她太冒犯他了，根本不想這麼做。他心裡想，她應該要受到懲罰，他不要讓她工作變得輕省。當她把水管移到他的下腹部時，他用雙手遮著自己的生殖器，因為他擔心強勁的水流會傷到他，他還問她這天晚上要做什麼。她眼睛也不抬一下，反問他為什麼會對她的時間安排感興趣。他對她解釋，他孤單一個人住在一間單人房裡，他希望她來陪他。「我想你找錯人了。」金髮女郎對他這麼說，她要他把肚子轉過去。

於是，哈維爾醫生肚子平貼在浴缸底部，抬高下巴以便呼吸。他感覺到強勁的水流正按摩著他的大腿，他很滿意自己剛剛對女按摩師說話的語調。因為哈維爾醫生懲罰造反的女人、放肆的女人、被寵壞的女人，他一向都是冷冷地——沒有半點柔情地，而且也幾乎一語不發——把她們引到他的床上，然後再冷冷地打發掉她們。過了一會兒之後，他自己才明白過來，他剛剛對女按摩師也是用那種恰如其分的冷淡語調，沒有表現出半點柔情，可是他沒辦法把她引到床上去，想必以後也不可能做到這一點。他知道自己被甩了，對他來說，他又被她冒犯了一次。他很高興終於能裹著浴巾，一個人待在更衣室裡。

然後，他匆匆的離開這棟建築物，走到「時光」電影院的海報看板前，看板上張貼著三張電影宣傳的劇照，其中有一張是他妻子的劇照：她跪在一具屍體的前面，神色驚恐。哈維爾醫生凝視著這張因恐懼而變形的溫柔臉龐，心裡湧起了無限的愛意，與無邊的懷念。他久久望著這張照片，眼睛挪不開分毫。直到他決定去找芙蘭蒂絲卡。

6

「請幫我接一通長途電話，我必須跟我太太講話。」芙蘭蒂絲卡送走病人，請哈維爾進來她的診療室以後，哈維爾迫不及待地說。

「發生了什麼事嗎？」

「嗯，」哈維爾說：「我覺得寂寞！」

芙蘭蒂絲卡狐疑地看著他，撥了長途電話台，把哈維爾告訴她的號碼念給接線生。然後她放下聽筒，轉而對他說：「你，你覺得寂寞？」

「我為什麼不會寂寞？」哈維爾情緒惡劣地說：「妳就像我太太一樣。以為我還是以前那個男人，其實我早就變了。我心情很差，我很寂寞，我很難過。我已經有歲數了。而且我可以告訴妳，這一點也不愉快。」

「你應該生幾個小孩的，」女醫生回答他：「你都只想到你自己。我也是，我也有歲數了，可是我根本不會想到這個。當我看著我兒子越長越大，我都會問我自己，他以後會變成一個什麼樣的男人，我才不會悲歎時間的消逝。你知道他昨天怎麼跟我說嗎？他說：『既然人都免不了一死，那要醫生做什麼？』你會怎麼說？你會怎麼回答這個問題？」

很幸運地，哈維爾醫生不必回答，因為電話響了。他拿起聽筒，一聽到是他妻子的聲音，就立刻對她說他心情不好，這裡沒有人跟他說話，這裡沒有一個他想見的人，他受不了自己一個人待在這裡。

從聽筒裡傳來了一陣小小的聲音，剛開始那聲音顯得懷疑，好像愣住了，還有點結結巴巴地，可是在她丈夫聲音的催迫下，它有點柔順了下來。

「拜託嘛，來啦，妳一有空就來這裡陪陪我！」哈維爾在電話裡說。他聽見他妻子回答，她也很想來，可是幾乎每天她都有戲要拍。

「是幾乎每天，又不是每天。」哈維爾說。他聽見他妻子回答，她明天有個空檔，可是她不知道來這一天值不值得。

「妳怎麼可以這樣說？」哈維爾回道：「妳難道不知道一天的時間在我們短短的人生中有多珍貴嗎？」

「你真的不生我的氣嗎？」電話那頭小小聲的問。

「為什麼我要生妳的氣？」

「因為那封信。你在生病，我卻在吃醋，寫那封無聊的信煩你。」

哈維爾醫生對著聽筒呢喃地說了好些甜言蜜語，而他的妻子回答他（她的聲音已經變得十分溫柔），她明天就來看他。

「真的，我真嫉妒你，」哈維爾掛斷電話以後，芙蘭蒂絲卡對他說。「你什麼都有。一堆女人隨時候駕，而且還有個幸福的婚姻。」

哈維爾看著他這位朋友，她雖然口裡說是嫉妒，但是她人太善良，不會真的嫉妒什麼。哈維爾反而很可憐她，因為他知道孩子所帶來的快樂無法取代其他的快樂，而且如果某種快樂負有責任去取代別種快樂的話，那這種快樂一定很快就快樂不起來。

然後他就去吃午飯了，飯後，他打了個盹，醒過來以後，他想起那個年輕記者在咖啡館等他，要介紹他認識他女朋友。於是，他穿好衣服，走出房門。當他從療養院大廳樓梯走下來的時候，發現在大廳的衣帽間那裡，有一個高大的女人美得就像一匹賽馬一樣。啊，他唯一缺的就是這個！因為從以前，就是這種樣子的女人會讓哈維爾醫生抓狂。衣帽間的服務生正把一件大衣拿給這位高大的女人，哈維爾走向前去幫她套上一邊的袖子。這個像賽馬一樣的女人冷冷地謝謝他，哈維爾接著問：「還有沒有什麼我可以幫忙的？」他對她微笑，可是她臉上沒有笑容，只說沒有，就匆匆離開。

哈維爾覺得好像被刮了一耳光，他又寂寞了起來，往咖啡館的方向走去。

7

年輕記者和他女朋友已經在咖啡館的包廂裡坐了好一陣子（他選了一個可以看到大門入口的位置），他沒辦法集中精神在他們的談話上，而通常他們都會很快樂地嘁嘁喳喳說個不停。哈維爾讓他有點想臨陣退縮。從他認識這個女朋友以來，這是他第一次試著以批判的眼光來看她，在她說話的時候（幸好，她一直不停地說著話，所以沒留意到年輕人心神不寧），他發現她的美有好幾個小瑕疵；這讓他覺得很不安，可是很快地，他又安慰自己說這些小瑕疵會讓人家更注意到她的美，因為這些小瑕疵使她整個人更貼近他，讓他覺得窩心。

因為年輕人很愛他的女朋友。

可是，如果他愛她，為什麼他會讓自己有這個念頭，任由一個浪蕩的醫生來

milan kundera

「檢核」她呢？這對她來說等於是羞辱。就算我們替他辯解，說這件事其實沒那麼嚴重，譬如，他只是把它看作是個遊戲。但是，這麼單純的一個遊戲，怎麼會讓他這麼焦慮不安呢？

這不是一個遊戲。年輕人真的不知道該怎麼評量他的女朋友，他真的無法測定她的魅力和她的美貌。

他真的這麼幼稚無知、這麼沒經驗到沒辦法分辨什麼女人漂亮、什麼女人醜嗎？

當然不是，他不是這麼沒經驗，他已經見識過許多女人，和她們也有過各種豔史，可是他每一次都太在意自己，而忽略了女人的景況。我們舉個例子來看看他都在意哪些細節：他能夠很清楚地記得，那天他是穿哪件衣服和哪個女人出去，他知道某一天他穿了一件太寬鬆的褲子，弄得他自己心情很糟糕，他也知道還有一天他穿的那件白色的運動衫讓人覺得像個賣弄風雅的運動員；可是他完全記不得他那些女伴到底是穿什麼。

是啊，自己穿什麼的確是該在意：在那幾場短短的豔史裡，一到約會的時候，他就會在鏡子面前，花很長的時間、非常仔細地端詳自己，然而，他對和他面對面的女伴卻只有表面浮泛的印象；他非常在意自己在女伴眼中的樣子，卻不是那麼在意女伴在他眼中的樣子。這意思不是說他不在乎和他一起出去的年輕女孩漂不漂亮。不，完全相反。因為，除了他的女伴會打量他的外表以外，他們兩個人也會一起被其他人打量，會一起被其他人評價（被世人的眼睛打量、評價），而他非常在乎世人滿意他的女朋友，因為他明白他們會由他女朋友這個人，來評量他的選擇、他的品味、他的程度，乃至於評量他這個人。可是，正因為這些都是公眾的輿論，所以他一向不太信賴自己的眼光；一直到現在，他都還是寧願聽聽輿論，然後認同它。

可是，公眾的輿論和大師、行家的意見怎麼能比呢？他焦急地望著咖啡館大門入口，終於，他看到了哈維爾醫生的身影穿過了那道玻璃門，他假裝很吃驚，對他的女朋友說，好巧啊，他們雜誌最近要採訪的一位傑出人士，現在正好走進這家咖啡館。他走過去和哈維爾醫生打招呼，然後領他到他們這一桌來。年輕女孩只有在彼此介紹的時候停了一會兒沒講話，不多久她就滔滔不絕地繼續剛剛的話題。

十分鐘以前才被那個像賽馬一樣的女人回絕的哈維爾醫生，現在審視著這個吱吱喳喳的年輕女孩，而他的情緒卻越來越低落。女孩子算不上美人胚子，可是她還滿有魅力的，像這種女孩只要隨便給他個暗示，哈維爾醫生一定會要的，而且很樂意要（以前人家都說他是死神，什麼女人都要）。事實上，她長相有幾個

Směšné Lásky

地方有種模稜兩可的美感：她鼻根上散布著細細的幾顆金黃色斑點，那可以說是她白皙皮膚的一個小瑕疵，但也可以說是裝飾白皙皮膚的天然小珠寶；她長得非常纖細，我們可以把這個解釋成她沒有女人理想的身材比例，但也可以說這在這女人身體中還保有一種稚氣，很細膩地挑動著男人的心；她太愛講話了，這樣的喋喋不休是滿討厭的，但這也可以說是一種滿好的個性，能讓她的伴侶沉湎在自己的思緒中，不必擔心被逮到。

年輕記者很不安地偷偷觀察醫生的臉色，而他覺得那張臉似乎陰陰地在沉思著什麼（這不是一個很好的兆頭），他招手叫服務生，點了三杯白蘭地。年輕女孩表示異議，她說她不喝酒，年輕人一直說服她，說她可以喝而且應該喝。而哈維爾心裡覺得悲哀，他明白要是他自己去勾引她，勾引這個有模稜美感的女孩——她滔滔不絕的言詞顯示她心靈還很單純——很可能也會被她拒絕，成為他今天第三個挫敗，因為，從前被視為像死神一樣有掌控權的哈維爾醫生，如今已大不如往昔。

不一會兒，服務生送來了白蘭地，他們三個人都舉杯互碰，哈維爾醫生深深凝視著年輕女孩藍色的眼睛，就好像凝視著某個人帶有敵意的眼睛。當他從這雙眼睛裡捕捉到敵意的時候，他也以敵意回報，突然，他眼中所見的這個女孩變得很明確，並沒有什麼所謂的「模稜美感」：她不過是個羸弱的小女孩，雀斑使她的臉看起來髒髒的，而且長舌得讓人受不了。

雖然看著女孩子的形貌改變，讓哈維爾醫生滿高興的，而且看著年輕人焦急地垂詢他意見的眼光，也讓他滿高興的，但是這些快樂和他內心那個痛楚的傷口比起來實在是太小了。他心裡想，他不應該繼續待在這裡，再坐下去也得不到什麼樂趣；所以他開口說話了，在年輕人和他女朋友面前說了幾句很風趣的話，表示自己很高興和他們一起度過了愉快的時光，而等一下他還有事，現在得先告辭了。

醫生走到玻璃門邊時，年輕人敲了一下自己的額頭，說他完全忘了要跟醫生約採訪的時間。他匆忙走出包廂，在街上追上了哈維爾。「你覺得她怎麼樣？」他問醫生。

哈維爾醫生久久凝視著年輕人的眼睛，看他這副迫不及待的熱切模樣，讓他心裡覺得很溫暖。

相反的，醫生的沉默讓這位年輕人很不自在，以至於他自己就先找台階下：「我知道，她不是一個美女。」

「的確不是。」哈維爾說。

年輕記者低下頭去：「她話有點多。可是其他方面，她很好！」

「嗯，她很好，」哈維爾說：「可是一隻狗也是很好，或是一隻金絲雀、一隻在院子裡搖搖擺擺走路的鴨子，也都是很好。在我們的人生裡，重要的不是擁有越多女人就越好，因為，這只是表面上的成功。重要的應該是，培養自己獨特的鑑賞力。記住啊，我的朋友，一個真正的漁夫會把小魚再丟回水裡。」

年輕人開始為自己辯解，他說，他本來就對他這位女朋友有點存疑，所以他才要哈維爾的意見來佐證。

「這沒什麼關係的，」哈維爾說：「別把這種小事放在心上。」

年輕人還是繼續辯解、繼續為自己澄清，到後來他只好說，秋天的時候溫泉區這地方沒什麼漂亮的女人，男人不得不將就，有什麼挑什麼。

「這一點我不同意你的看法，」哈維爾回說：「我已經在這裡看到好幾個非常迷人的女人了。可是我要告訴你一件事。女人有一種表面的美，有些鄉下人會誤以為這就是美。其實，女人還有一種真正的情色之美。不過當然囉，要一眼就看出這種美，不是那麼容易的事。這是一種藝術。」說完，他和年輕人握握手，就離開了。

8

年輕記者覺得很沮喪：他明白自己是個無可救藥的大白癡，迷失在自己無邊無際的青春沙漠裡（對，他相信是無邊無際）；他明白哈維爾醫生給他打了一個很低的分數；而且毫無疑問的，他發現自己的女朋友一無可取，又無趣、又無姿色。當他又回到她旁邊坐下時，他心裡想，整個咖啡館的客人，包括那兩個走來走去的服務生，一定都知道這一點，而且他們都不安好心地帶著同情的眼光看著他。他要了帳單，對他女朋友解釋說，他工作有個突發狀況，得和她分手了。女孩的臉沉了下來，而他的心頭一陣緊縮：雖然他明白他得像個真正的漁夫一樣把她丟回水中，但是在他內心深處（在他內心的隱密處，而且帶著某種愧疚），他還是愛她。

第二天，他陰鬱的心情還是見不到任何亮光，而當他在溫泉療養院遇見哈維爾醫生帶著一位高雅的女士時，他心中不禁湧起一陣類似於憎惡的羨慕心理：這個女人漂亮得太不像話了，而哈維爾醫生一看到他就很愉快地跟他打招呼，他也愉快得太不像話了，使得年輕記者覺得自己更悲慘。

「我幫你介紹一下，這位是這裡一份地方性雜誌的總編輯。」哈維爾對那個女人說：「他想辦法認識我，就是為了有機會見到你。」

年輕人這才發現他面前的這個女人他曾經在銀幕上看過，這讓他覺得尷尬極了；哈維爾強邀他留下來陪他們，而年輕記者不知道該說什麼，便開始說明他計畫採訪的內容，而且說這篇採訪他有個新的想法：在雜誌上登一篇哈維爾夫人暨醫生的雙料採訪。

「我親愛的朋友，」哈維爾回說：「我們之前聊得很愉快，而且因為你的關係，我們談的內容很有意思。可是請你告訴我，為什麼要把這些東西登在一份給肝病患者、十二指腸潰瘍患者看的雜誌上呢？」

「你們談些什麼，我想也想得到。」哈維爾夫人揶揄地說。

「我們談到了女人，」哈維爾醫生說：「我發現這位先生很健談，是一流的聊天對象，是我心情低落的時候，能讓我開心的好朋友。」

哈維爾夫人轉向年輕人，說：「他沒有讓你覺得很厭煩吧？」

年輕記者很高興哈維爾醫生能說他是「能讓他開心的好朋友」，在他的羨慕裡還摻雜著感激。他最後這樣子回答哈維爾夫人：應該說是他讓哈維爾醫生覺得厭煩，他非常清楚自己實在是太沒有經驗、太無趣、太不值一提了。

「喔，親愛的，」女演員說：「你一定又在那邊自吹自擂！」

年輕記者替哈維爾醫生辯護，說：「沒有，沒有，不是這樣的！親愛的夫人，妳會這麼說是因為妳不了解這個小鎮，不了解我住的這個偏僻的小地方。」

「這是個很漂亮的小鎮啊。」女演員不以為然地說。

「是的，對妳來說是這樣，因為妳剛到不久。而我，我住在這裡，以後也還會住在這裡。碰來碰去的老是同樣這一群已經很熟悉了的人。老是同樣這一群人，每個人想的都是同一件事，都是一些幼稚膚淺、庸俗乏味的事。不論我自己願不願意，我都得和他們和睦相處，不知不覺中，我已經逐漸和他們同流合污。真是可怕！想不到我已經變成他們其中的一分子！想不到我已經習慣用他們短視的眼光來看這個世界！」

年輕記者越說越亢奮，女演員覺得她聽得出來他的話裡有年輕人永恆的抗議之聲；她被吸引住了，心裡被攪動了起來，她說：「喔不，你不應該被他們影響。你不應該被影響！」

「是不應該被影響，」年輕人贊同她的說法，他說：「昨天，哈維爾醫生開了我的眼界。無論如何我都得脫離這個惡性循環的環境。脫離這個卑劣、庸俗的環境。我一定要脫離，」年輕人重複說著：「我一定要脫離。」

「我們之前談到，」哈維爾對他妻子解釋：「小鎮平庸的品味製造了一種假的理想美，基本上，這種理想美是非情色的，甚至是反情色的，而真正魅力的所在，情色的、具有爆炸性的美，卻不是這種品味的人所能領略的。在這裡，我們周圍的確有些女人能夠引導男人去經歷最刺激的感官冒險，只是沒有人察覺她們的存在。」

「對，就是這樣。」年輕人表示同意。

「沒有人察覺她們的存在，」哈維爾醫生接著又說：「因為她們不符合這裡的標準；事實上，情色的魅力是藉由獨特性來表現的，而非藉由規格化；是藉由表達力來表現的，而非藉由度量標準；是藉由不規律性來表現的，而非藉由平庸的漂亮。」

「沒錯。」年輕人表示同意。

「妳認識芙蘭蒂絲卡嗎？」哈維爾問他妻子。

「認識。」女演員說。

「妳知道嗎，我有多少朋友都願意拋棄一切來和她共度一夜。而我可以拿我的頭跟妳打賭，在這個小鎮裡根本沒有人注意她。嗯，我問你，我的朋友，你也認識她，可是你有沒有注意到芙蘭蒂絲卡是個很特別的女人？」

「沒有，的確是沒有！」年輕人說：「我根本一點也沒有想到要把她當女人看！」

「這我不覺得奇怪，」哈維爾醫生說：「你覺得她不夠瘦，也不夠愛講話。臉上也沒有那麼多雀斑！」

「是啊，」年輕人悶悶的說：「你昨天也看到了我有多麼愚蠢。」

「可是你有沒有注意過她走路的樣子？」哈維爾接著說：「你有沒有注意過她走路的時候，那雙腿好像會說話？我的朋友，如果你聽聽她那雙腿說的話，你會臉紅的，不過，以我對你的認識，你還真是不折不扣的浪蕩子。」

9

「你真喜歡捉弄這些天真無邪的人。」年輕人走了以後，女演員對她的丈夫這麼說。

「妳知道這表示我心情很好，」他說：「我可以向妳發誓，這是我到這裡來以後第一次覺得心情好。」

這一點哈維爾醫生倒不是說謊；這天早上，當大巴士進站的時候，他透過玻璃窗看見妻子坐在車子裡，然後當他看到她站在車門階梯上對他微笑的時候，他好高興；積存了幾天都沒有觸發的歡樂心情，這天卻一股腦地瘋狂展現出來。

milan kundera

他們一起在柱廊下散步，他們咬著圓圓甜甜的小餅乾吃，他們到芙蘭蒂絲卡那裡去，聽她說說她兒子，他們和年輕記者一起散步（這個情景在上一章已經提過了），他們偷偷嘲笑那些在溫泉區的小路上為了健康而走路的患者。在這時候，哈維爾醫生注意到有幾個人從他們面前走過時，會盯著女演員看；他轉過頭看，也發現有些人會在他們背後停下來看他們。

「人家都認出是妳了，」哈維爾說：「這裡的人沒什麼事好做，只好一天到晚看電影。」

「這會讓你很煩嗎？」女演員認為她的職業讓她自己失去了隱私權，是一種罪過，因為她和所有沉浸在真愛裡的人一樣，渴望擁有安詳而不被人打擾的愛情。

「正好相反，我很得意呢。」哈維爾說，他笑了起來。然後，他們玩了好久一種很幼稚的遊戲：猜猜哪一個路過的人認識她，哪一個不認識她，而且打賭在下一條街有多少人認識她。路上常有人轉過頭來看他們，有老先生、老農夫、小孩子，甚至在這個季節到這裡來療養的幾個漂亮女人也轉過頭來。

哈維爾在這裡住了幾天，可是一直沒有人注意他，他覺得很沒面子，所以這時候他很高興有路人留意他們，而且他希望每個人都盡量把焦點放在他身上。他攬著女演員的腰，湊近她耳邊說一些甜言蜜語，極盡挑逗，而她也緊緊依偎著他，仰起臉望著他，眼神裡閃著光彩。

在大家的注目下，哈維爾覺得自己又找回了失落了的「可見性」，他模糊的輪廓又變得清晰起來，他很高興他的身體、步伐，還有他整個人都散發著愉悅的氣息，他覺得自己好得意。

他們親親愛愛地交纏在一起，沿著主要的大街逛商店的櫥窗。走著走著，哈維爾醫生瞥見昨天對他很不客氣的那個金髮女按摩師正在一家打獵器材店裡，和女店員在聊天，店裡沒有其他的客人。「來，」這時候，哈維爾突然對他妻子說：「妳是我認識的最美麗的女人；我要送妳一樣禮物。」他拉著她的手，走進這家店。

店裡的兩個女人安靜了下來；女按摩師久久地打量著女演員，又匆匆看了哈維爾一眼，然後又看了看女演員，又看了看哈維爾；哈維爾留心到了這個，心裡很是滿意，可是他一眼也不看她，只是瀏覽著展示的物品；他看著鹿的犄角、背袋、卡賓槍、望遠鏡、手杖，以及獵狗用的嘴套。

「你想要什麼樣的東西？」女店員問。

「等一會兒。」哈維爾說；最後他在玻璃櫃裡發現了一個哨子，他用手指指了一下。女店員拿了一個給他，哈維爾把哨子放在嘴巴上，吹一聲，然後各個角度都檢查了一下，又輕輕的吹了一聲。「很好。」他對女店員說，然後掏出五克朗給她。他把哨子拿給妻子。

女演員從這個禮物裡看到了她先生的孩子氣，而這個特性是她很喜歡的，是一種搞笑的淘氣舉動，是他一種無意義的意義，她用充滿愛意的醉人眼神謝謝他。可是哈維爾表示這還不夠，他低沉著嗓子對她說：「這麼可愛的禮物妳就這樣子謝我而已啊？」女演員給了他一個吻。另外那兩個女人一直瞅著他們看，直到他們出了店門，眼光還盯著不放。

在這之後，他們兩個人又繼續在街上、在公園裡散步，他們咬著小餅乾，他們吹著哨子，他們坐在長椅上，他們還在玩賭一賭有多少路人會轉過來看他們。晚上，他們正要走進一家餐廳的時候，差點兒就撞上了那位像賽馬一樣的女人。那女人很訝異地看著他們，她打量了女演員好一會兒，然後匆匆看了哈維爾一眼，再看了看女演員，當她眼光又移到哈維爾身上時，卻不由自主地向他點了個頭。哈維爾也向她點點頭，把頭湊近他妻子的耳邊，低沉著嗓子問她愛不愛他。女演員仰起臉，用充滿愛意的眼神看著他，撫摸他臉頰。

接下來，他們坐在一張餐桌旁，點了幾道很清淡的菜（因為女演員很注意節制她丈夫的飲食），喝了一點紅酒（這是哈維爾唯一能喝的酒），哈維爾夫人在這個時刻有滿懷的感動。她靠在先生的懷裡，執起他的手，跟他說今天是她所知道最美好的一天；她坦白對他說，當他到這裡來療養的時候，她覺得好傷心；她又一次跟他道歉，她吃醋地寫了那一封無聊的信給他，而且她很感激他打電話要她來這裡；她說，就算她只能看到他一分鐘，她也永遠會很高興地跑來找他。然後她不斷地解釋，和哈維爾一起生活對她是一種折磨，她時時刻刻都有種不確定感，就好像哈維爾永遠都不是她所能把握住的，可是正因為這樣，每天對她來說都有新的歡樂、新的愛情滋長、新的禮物。

然後他們一起回到哈維爾醫生的房間，女演員的歡樂之情很快就達到了頂點。

10

兩天以後，哈維爾醫生又去做溫泉水療法，他一樣還是遲到，因為，老實說，他從來沒有準時過。幫他按摩的還是同一位金髮女按摩師，可是這一天她沒有給他嚴峻的臉色看，相反的，她對他微笑，而且稱呼他「醫生」，哈維爾斷定，她一定是到辦公室查過他的資料，或是向別人打聽過他的事。他很滿意她這種態度，然後就到更衣室裡脫下衣服。當女按摩師跟他說浴缸的水滿了的時候，他很驕傲的挺著肚臍走出來，很愜意的直躺在浴缸裡。

女按摩師轉動著水龍頭，問哈維爾那位女士是不是還和他在這裡。哈維爾說，沒有；女按摩師又問，是不是很快就會看到她拍的電影上映，哈維爾說，對；女按摩師抬起了他的右腿。強勁的水流噴得他的腳底發癢，女按摩師笑了起來，對醫生說他的身體似乎很敏感。然後他們繼續聊著，哈維爾提到了這裡的日子好無聊。女按摩師意味深長地笑著，說，哈維爾醫生當然很懂得安排自己，不會讓自己無聊的。而當她彎下身子把水管對著他的胸口噴的時候，哈維爾平躺的姿勢很容易看到她胸部的上半部，於是他讚美她的胸部很漂亮，女按摩師回答，哈維爾醫生一定看過更漂亮的。從這幾句話，哈維爾得到一個結論，就是他的妻子已經使他在這個健美的女人眼中完全改觀了，他霎時具有了一種魅力，而且更棒的是：他的身體對她來說是一種機會，使她可以在暗中和這位著名的女演員媲美，和這位所有的人都會轉過頭來看她的名女人互相匹敵。哈維爾一下子就了解到，現在他要幹嘛都可以，這些事先都有暗示了，他要幹嘛都可以。

只是有件事——人生常常就會有這樣的事！——我們一旦滿足了以後，我們就會很傲慢地拒絕自動送上門的機會，以便我們更堅穩地守在這種飽足的幸福裡。他只要這個金髮女郎拋掉她那種侮辱人的傲慢模樣就夠了，只要她的聲調輕緩下來、她的眼神謙和下來就夠了，哈維爾醫生對她不再有綺念。

接下來，他得轉過身子趴在浴缸裡，下巴浮出水面，讓強勁的水流從腳跟噴到頸背。他覺得這個姿勢好像是一種謙卑、感恩的虔敬姿勢：他想到了他妻子，他想到她多麼地美，想到他多麼地愛她，她也多麼地愛他，而且想到她是他的幸運之星，為他帶來那麼多的青睞，還為他帶來那麼多健美的女人。

按摩結束了以後，他站起來走出浴缸，這時渾身沁著汗的女按摩師在他看來更有種健康、豐盈的美，而且她的眼神顯得謙和、柔順，他真想朝著他妻子所在的方向，遠遠地，向她深深一鞠躬。因為他覺得在他妻子的大手中，就亭亭立著這個女按摩師的身體，而這隻手伸到他面前，要把這個身體當作祭品獻給他，傳達她愛的訊息。他想到，如果他拒絕這個祭品、拒絕她這種溫柔、殷勤的舉動，那就太侮辱他妻子了。所以，他對著香汗淋漓的金髮女郎微笑，對她說，他為她保留了今天晚上的時間，七點鐘他在大拱門那裡等她。金髮女郎答應了，哈維爾醫生便用一條大浴巾把自己裹起來。

當他梳洗完畢，穿戴整齊以後，發覺他心情出奇的好。他很想跟人家講講話，就想到芙蘭蒂絲卡那裡去，他去得正是時候，因為她也是，她現在也有好心情。她東拉西扯說了許多風馬牛不相及的話，可是時不時地就會碰觸到他們上次碰面提到的那個話題：她自己的年紀；她含含糊糊地暗示著，我們不應該受制於自己的歲數，歲數不應該成為我們的障礙；而且她說到，突然間發現自己可以和一個年紀比較輕的人平靜安穩地聊天，那種感覺實在太美妙了。「孩子不是一切，」她突然冒出這句話：「你知道我很愛我的小孩，可是，人生裡還有一些其他的東西。」

芙蘭蒂絲卡的這一席話，一直都說得含含糊糊的抽象得很，對不了解內情的外人來說，這不過是瑣碎的閒聊而已。只是，哈維爾不是外人，他猜想得到在這番閒聊的背後隱藏著什麼內情。他的結論是，他自己的幸福只不過是一長串幸福裡的一個環節，正因為他心胸寬大，所以他的心情加倍愉快。

11

的確，哈維爾醫生猜得沒錯：年輕記者在聽完大師的訓誡之後，當天就去找芙蘭蒂絲卡了。他們才講沒幾句話，他就發覺自己勇氣十足，便對她說，他喜歡她，他想要跟她交往。女醫生怯怯的對他說，她年紀比他大，而且她有小孩。一聽她這麼說，年輕記者覺得自己更有自信了，也不知道哪來的靈感，他滔滔不絕地說：他認為女醫生有一種很奧秘的美，這種美和平庸的漂亮比起來更可貴；他讚美她走路的姿態，說她走路的時候那雙腿會說話。

兩天以後，哈維爾醫生來到大拱門，他遠遠地看見了那位健美的金髮女郎走過來；而在同一個時候，年輕記者在他狹小的閣樓裡踱著步子，心裡靜不下來；他幾乎可以確定應該會成功，可是也因此更擔心臨時出什麼狀況，或是有了什麼差錯，讓他功虧一簣；他不時打開門，看看樓梯間下面的動靜；終於，他看到她來了。

芙蘭蒂絲卡刻意的打扮了一番、上了一點妝以後，幾乎讓人認不出來她就是平常穿白長褲、白制服的那個女人；慌亂的年輕記者心裡想，以前他只能猜想芙蘭蒂絲卡的情色魅力，現在幾乎就色淫淫地呈露在他的面前，他心裡忽然湧起的一股敬意，讓他更加羞怯起來；為了克服他的羞怯，門還沒來得及關好，他就把芙蘭蒂絲卡擁在懷中，激烈地吻著她。這突如其來的舉動讓她害怕，她請他先讓她坐下。他照做了，可是立刻又坐在她腳邊，吻著她膝頭的絲襪。她把手伸進他的頭髮裡，想要輕輕的推開他。

讓我們來聽聽她跟他說什麼：一開始，她一直重複著一句話：「你要聽話，

milan kundera

你要聽話，答應我你要聽話。」年輕人回答她：「好，好，我會聽話。」他一邊說，嘴巴一邊在粗糙的尼龍絲襪上往上挪，她說：「不要，不要，別這樣，不要，不要。」當他挪得更高的時候，她的聲調突然變得親密起來，喃喃地說：「喔你瘋了，喔你瘋了！」

這句話決定了一切。年輕人再也沒遭到任何抗拒。他整個人心醉神迷；為自己、為他這麼快就成功而心醉神迷，為哈維爾醫生過人的天賦也在他身上、深植在他內心裡而心醉神迷，為橫陳在他面前的女人裸體和他有情愛結合而心醉神迷；他想要成為一個大師，他想要成為一個行家，他想要表明他的肉慾和貪婪。他略微的抬高了自己的身體，以貪慾的眼光察看女醫生伸展開來的身體，他喃喃地說：「妳真美麗，妳真有看頭，妳真有看頭……」

女醫生忽然用兩隻手遮著她的肚子，說：「我不准你笑我……」

「妳怎麼這麼說啊！我哪有笑妳！妳真的很有看頭！」

「你別看我，」她緊緊抱著他，這樣他才看不到她，她說：「我已經有兩個孩子了。你知道嗎？」

「兩個孩子？」年輕人不懂她為什麼提到這個。

「這從我身上看得出來的。我不要你看我。」

這句話有點澆熄了年輕人剛開始的熱乎勁兒，並且又費了點力氣才恢復該有的孟浪；為了恢復得更好，他試著咿咿唔唔地叫起來，並且在女醫生的耳邊低聲地說，她赤裸著身體和他一起在這裡，完完全全的赤裸，完完全全的赤裸，真是太美妙了。

「你真好，你實在太好了。」女醫生對他說。

年輕人又提到了女醫生的身體，他問她，她赤裸著身體和他一起在這裡，是不是也覺得很興奮。

「你真是個孩子，」女醫生說：「當然這讓我很興奮。」可是，安靜了一會兒之後，她又說，有好多醫生都看過她的裸體，所以這對她來說也沒什麼。「醫生比情人還多，」她說。她還一邊做愛，一邊說到她生產時有點難產。「不過這一切都值得，」她這麼地做了個總結：「我有兩個很漂亮的孩子。好漂亮，好漂亮！」

好不容易才恢復的孟浪勁頭，又一次從年輕人身上消退了，他突然覺得自己在一家咖啡館裡，面前擱著一杯茶，和女醫生閒話家常；一股無名火冒了上來；他的動作更加的激烈，而且努力使她更投入情慾之中：「上次我去找妳的時候，妳有想到我們會做愛嗎？」

milan kundera

「你呢？」

「我想要，」年輕記者說：「我非常想要！」他用非常熱情的聲調，說「想要」這兩個字。

「你就像我兒子一樣，」女醫生在他耳邊說：「他也是，什麼事都想知道。我總是問他：你想不想要一個會噴水的手錶？」

女醫生說著話，她陶醉在他們的對話中；他們就這樣子做愛。

接下來，當他們赤裸著身體，兩個人慵懶地靠坐在臥榻上時，女醫生撫摸著年輕記者的髮絲，對他說：「你和他一樣都是一頭細細軟軟的頭髮。」

「和誰一樣？」

「我兒子。」

「妳一直在說妳兒子。」年輕記者有點不好意思地責怪她。

「你也知道，」女醫生很得意地說：「孩子是媽媽的寶貝，孩子是媽媽的寶貝。」

然後她起身，穿好衣服。突然，她在年輕人這間小房間裡，覺得自己像個女孩，像個年紀很輕的女孩子，這種感覺讓她非常愉快。要離開的時候，她緊緊把年輕人摟在懷裡；她的眼裡漲滿了感激的淚水。

12

經過了美麗的一夜以後，哈維爾醫生的一天也有個漂亮的開始。吃早餐時，他和那個像賽馬一樣的女人也有了個美好的溝通。十點鐘，他做完治療回來，發現他房間裡有妻子的一封情書。然後，他到柱廊那裡去，和那群患者一起散散步；他端著一個盛著礦泉水的杯子，湊近嘴邊，神采煥發。幾天前，從他身邊經過的那些女人本來都不注意他的，如今她們的目光卻落到了他身上，他發現了這個轉變，便微微地向她們頷首致意。當他看見年輕記者時，就很高興的過去和他打招呼，說：「剛剛我到芙蘭蒂絲卡那裡去了，發現有幾個徵兆，是逃不過高明心理學家的眼睛的，我覺得你一定大有斬獲！」

年輕人其實非常想向他這位大師吐露實情，可是昨天晚上事情發生的經過，讓他自己都有點困惑；他不是很確定這一夜是不是就像它該有的那樣令人沉醉，他不知道如果他一五一十地細述整個情況，是會提高他在哈維爾醫生眼中的份量，或者是會降低；他心裡在斟酌，應該對哈維爾醫生吐露什麼、隱藏什麼。

然而，當他發現哈維爾臉上是一副侮慢、戲謔的神色時，他也只能用同樣的神色回應他，侮慢而戲謔；他非常熱情地讚美哈維爾醫生推薦的這個女人。他說，自從他不再以小鎮的眼光看她以後，他第一眼一看到她就被她迷住了，他說，她很快就答應到他家去，也非常迅速地就委身給他。

哈維爾醫生開始問他幾個更明確、更詳細的問題，以便幫他做比較細膩的分析，年輕人回答的時候，不管他願不願意，越說就越接近事實，最後，他只好承認，雖然各個方面他都很滿意，可是，他們在做愛時，女醫生跟他說的那些話卻讓他有點侷促不安。

哈維爾醫生對這個非常感興趣，他堅持要年輕記者把他們的對話一句句詳細地說給他聽，年輕記者敘述的時候，他還不時插入幾個驚嘆句：「太棒了！太完美了！」「喔，母親的心永遠都是這樣子！」還有：「我好羨慕你啊，我的朋友！」

在這個時候，像賽馬一樣的那個女人傲然來到了這兩個男人的面前。哈維爾醫生對她欠了個身，這位高大的女人伸手給他。「對不起，」她說：「我有點遲到！」

「沒關係，」哈維爾醫生說：「我和我這位朋友正聊得起勁呢。我也要請妳再給我幾分鐘，我想把這次談話做個總結。」

他手裡仍然握著高大女人的手，轉過身來對年輕記者說：「親愛的朋友，你剛剛跟我說的那些，完全超乎我的預期。因為你要知道，在交歡的時候如果彼此靜默不發一語，就會單調得讓人疲乏；在歡愉中，一個女人和另外一個女人沒什麼兩樣，這樣一來，男人會在任何一個女人身上，忘記另外的任何一個女人。然而，我們投身在愛的歡愉之中，其實是為了能夠回憶那些歡愉。是為了把這些歡愉的亮點串成一條輝煌燦爛的帶子，聯繫我們的青春與老年。是為了它能讓我們的記憶永遠煥發著明亮的光彩！我的朋友，你要知道，在最平淡無奇的交歡中，只要說一句話，就能投射出一道光，使這一次的交歡永難忘懷。人家都說我是個專門蒐集女人的人。事實上，我更是個蒐集話語的人。相信我，你永遠也不會忘記昨天那個晚上，你一輩子都會因為這件事情而覺得快樂！」

然後他對年輕人點了點頭，便牽著像賽馬一樣那個高大的女人的手，沿著柱廊慢慢走開了去。

milan kundera

艾德華和上帝

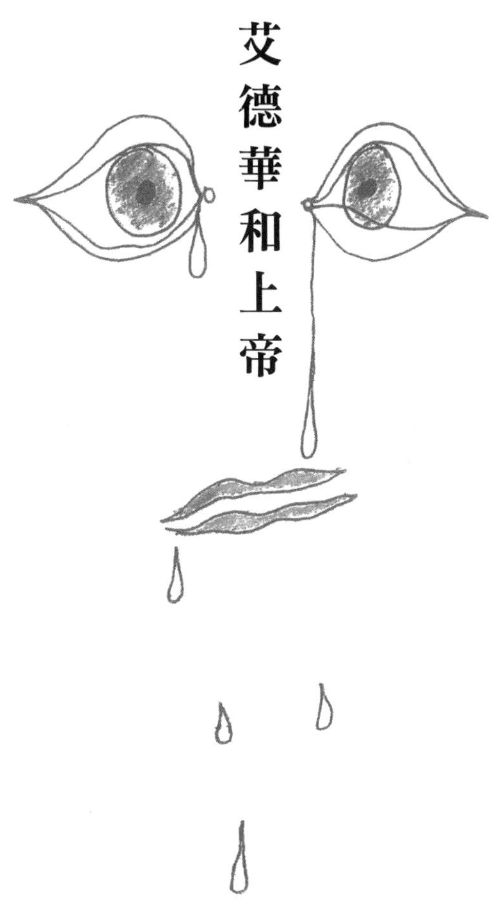

1

要說艾德華的故事，就讓我們從他哥哥在鄉下的那間小房子說起。他哥哥躺在臥榻上，對艾德華說：「你可以放心大膽地去找那個老女人。沒錯，她是一隻豬，可是我相信像她這種人也會有點良心的。就是因為她以前耍了我，所以她現在也許會幫你這個忙，好彌補她以前的過錯。」

艾德華的哥哥一向都是這樣子：他是個老實人，也是個懶惰的傢伙。在許多年以前（那時候艾德華還只是個小毛頭），史達林死的那一天，他可能也是這樣懶洋洋地躺在學生閣樓裡的臥榻上，散漫地過著日子，整天昏昏沉沉的；第二天，他還是一副沒事人的樣子到學校去；這天，他正好看見了一位女同學齊恰科娃，她一動不動地站在大廳中央，煞有介事似地，活像一座悲傷的雕像；他繞著女同學轉了三圈，突然大聲爆笑。這位女同學大發雷霆，硬說他這笑聲是種政治性的挑釁，艾德華的哥哥因此被退了學，後來就到一個村莊去工作。他現在就是在這個村莊裡擁有一間房子、一隻狗、一個妻子、兩個孩子，以及一間度週末的小別墅。

現在，他就是橫躺在他房子裡的臥榻上，對艾德華解釋說：「我們以前都叫她是工人階級的復仇者。可是你不用擔心這個。現在，她已經是個老女人了，很容易對年輕男人動心；所以，她一定會幫你這個忙的。」

艾德華在這個時候還很年輕。他師範學院剛畢業不久（他哥哥就是被這所學校退學的），正要找工作。他聽了哥哥的意見，第二天就去敲女校長辦公室的門。他發現，女校長是個瘦骨嶙峋、身材高大的女人，頭髮烏黑帶著油光，有黑色的眼珠子，鼻子下面還有黑色的寒毛。她醜陋的長相使他不再那麼怯場——他在年輕時候，面對漂亮的女生總會怯場——所以，他可以如他所願地以一種懇切、獻媚的態度，不窘不慌地和她談話。這種談吐顯然很討女校長的歡心，她面露喜色，好幾次都肯定地向他提到：「這裡，我們需要年輕人。」她答應幫艾德華安插一個職位。

2

艾德華就這樣在波西米亞的一個小城裡當老師。這件事並沒有讓他快樂，也沒有讓他不快樂。他總是努力把重要的事和不重要的事區分開來，而他把他的教

milan kundera

書生涯歸類為「不重要的事」。並不是教書這個職業本身不重要（其實，他很看重這個職業，因為他沒有其他的謀生能力），只是就他這個人的本性來說，他覺得這個職業沒什麼大不了。這並不是他自己要選擇的職業。是社會壓力、黨紀錄、中學證書、入學考試成績強把這個職業加在他身上的。就是這些力量聯合起來，把他從中學拋到師範學院來的（就像有一台起重機把袋子拋到卡車裡）。他根本沒有意願去讀師範學院（他哥哥在這所學校被退學，對他來說是個不吉利的兆頭），可是他最後還是屈服了。然而，他明白他的職業是生命裡的一個偶然。它就像一副引人發笑的假鬍子黏貼在他嘴上。

但是，如果說「有義務必須做的事」，是不重要的事（它會引人發笑），那麼想必重要的事，就是「隨自己的意願做的事」：艾德華在他教書的地方很快就認識了一個他自己覺得很漂亮的年輕女孩，他開始以一種近乎嚴肅的態度和她交往。她名字叫作愛莉絲，他們頭幾次約會，他就發現她很保守、很端莊，這讓他很難過。

他們在暮色中散步的時候，有好幾次，他都摟著她的肩膀，試著從後面攬過身子，觸摸到她右邊的胸部，但每一次，她都捉住他的手，推開去。一天晚上，他又試了一次，她也又一次地推開他的手，而且她停下腳步，說：「你相不相信上帝？」

艾德華靈敏的耳朵聽得出來她對這個問題有自己的想法，這時候他立刻就忘記了她的胸部。

「你相信上帝嗎？」愛莉絲又問了一遍，艾德華還是不敢回答。我們別怪他沒有勇氣坦白。他在這個剛到不久的小城裡太孤單了，而愛莉絲非常吸引他，他不想單單為了回答一個問題，冒險讓她對他失去好感。

「妳自己呢？」他問，這樣能拖延一點時間。

「我啊，我相信。」愛莉絲說，她還是堅持要他回答。

到目前為止，他從來沒有想到要相信上帝。可是他知道他不能實話實說，相反的，他應該要把握這個機會，佯稱他相信上帝，以製造出一匹木馬來，讓他藏身在木馬的肚子裡，像古代的傳說一樣，偷偷溜進年輕女孩的心裡。只是，艾德華很難就這樣子簡單地開口對愛莉絲說：「是的，我相信上帝」；他不是個厚臉皮的人，羞於說謊；他很厭惡公然赤裸裸地說謊；要是非得說謊不可的話，至少他也要讓謊言儘可能地接近實情。所以他深有所思地以低沉聲音回答：

「愛莉絲，我自己也不知道應該怎麼回答妳這個問題。當然，我相信上帝，可是……」他停頓了下來，愛莉絲仰起臉看他，眼神裡充滿訝異。他接著說：

Směšné Lásky

「可是我想對妳完全坦白。我可以完全對妳坦白嗎？」

「你一定要坦白，」愛莉絲說：「要不然，我們又何必在一起。」

「真的嗎？」

「真的。」愛莉絲說。

「有時候我會懷疑，」艾德華聲音哽著說：「有時候，我心裡會想，上帝真的存在嗎？」

「你怎麼會懷疑這個問題啊？」愛莉絲幾乎是用喊的。

艾德華一語不發，他思索了一會兒之後，想到了一個很傳統的論證：「當我看到我身邊有這麼多不幸的事，我常常就會問自己，如果上帝真的存在的話，祂怎麼會讓這種事情發生。」

他的語調聽起來很悲傷，愛莉絲忍不住握著他的手，說：「是啊，真的，人世間是有很多不幸。這我也很清楚。可是就是因為這樣，才得要相信上帝。要是沒有上帝，一切的痛苦都白白承受了。一切都不會有意義。要是這樣子，我就會活不下去。」

「也許妳說得對。」艾德華說，他似乎想出了神。接下來那個禮拜天，他陪她上教堂。他的指頭在聖水器裡沾了一下水，劃了個十字。然後，開始做彌撒，唱聖歌，他跟著大家一起唱，但是這首聖歌他只記得大致的曲調，而完全忘了歌詞。所以，他決定用母音發聲來取代歌詞；但是每一個音他都會稍微比人家慢一點點，因為調子他其實也不是記得那麼清楚。然而，當他發現他唱對了的時候，他會痛快地放聲唱，因為這是他生平第一次，發現自己的聲音低沉好聽。接下來，大家朗讀「主禱文」，有幾個老太太跪了下來。他抗拒不了誘惑，也跟著跪在石板上。他以一個大動作劃了個十字，在這一霎時，他想到他正做著一件生平從來沒做過的事，而深有所感，他做著一件從來沒在學校課堂上做過，沒在街上做過，沒在任何地方做過的事。他感覺出奇的自由。

等儀式結束了以後，愛莉絲眼神熱切地盯著他看，問：「你還會說，你懷疑祂的存在嗎？」

「不會。」艾德華說。

愛莉絲又說：「我想要教你去愛祂，就像我愛祂一樣。」

他們站在教堂前廣場寬闊的階梯上，他的靈魂裡充滿了笑聲。很不幸的，就在這個時候，女校長正從附近經過，她看見了他們。

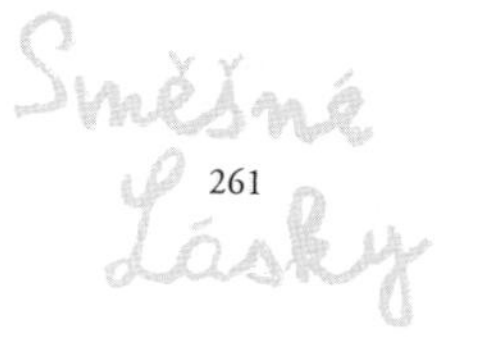

3

這真是有夠不湊巧的。其實，我應該在這裡提醒一下（尤其是對那些沒注意到這個故事的歷史背景的人），在這個年代，雖然沒有不准上教堂，可是經常出入教堂也不能說完全沒有危險。

這一點也不難了解。那些一直在為所謂革命而戰的人，對自己很是驕傲：驕傲自己站在陣線正確這邊的。經過了十、十二年後（這個故事大約就是發生在這個時候），戰線開始消失不見，在戰線兩邊正確與錯誤的陣營也隨之消失。所以，也難怪以前那些革命分子感覺非常受挫，急切想找個「替代的」戰線。還好有宗教，讓他們能夠再一次站在陣線正確的這一邊（他們扮演的是無神論者，對抗信教的人），並且維持他們一貫的、有點誇大的優越感。

但是說真的，這個替代的陣線對其他的人來說也是個意外的收穫，愛莉絲就是其中一個受惠者——現在透露這個訊息應該不會嫌太早。一如女校長想要站在「正確的」一邊，愛莉絲則想要站在「對立的」一邊。在所謂的革命期間，愛莉絲的爸爸經營的店被收歸國有，而愛莉絲非常痛惡那些耍了她爸爸這一著的人。可是，她要怎麼表現她的怨恨呢？要拿把刀子為她爸爸報仇嗎？這不合乎波西米亞的一般習俗。愛莉絲有更好的方式來表達她的敵對態度：她開始相信上帝。

上帝就這樣子幫助了正反兩邊的人，但也因為上帝，艾德華現在是腹背受敵。

禮拜一早上，女校長到教師辦公室來找艾德華，艾德華覺得非常不自在。他再也沒辦法營造出他們第一次見面時的那種友善氣氛，因為從那次以後，他和她的對話就再也和氣不起來（可能是他太天真無知，或者是他太不把這個放在心上）。女校長刻意冷冷地笑著，問他：

「我們昨天有碰過面了，不是嗎？」

「是的，我們昨天碰過面了。」艾德華說。

「我不懂一個年輕人怎麼會上教堂。」女校長還繼續說。艾德華很不知所措地聳聳肩，女校長搖搖頭，說：「一個年輕人。」

「我去參觀教堂內部的巴洛克建築。」艾德華找了個藉口。

「喔，是這樣啊，」女校長嘲諷著說：「我不知道你對建築有興趣。」

艾德華非常厭惡這次的談話。他想起他哥哥繞著女同學走三圈，然後爆笑出聲的那件事。家族不幸的歷史似乎又要重演，他心裡不禁害怕了起來。禮拜六，他打電話給愛莉絲，跟她道歉，說他第二天不能上教堂，因為他感冒了。

Směšné Lásky

「你真嬌弱啊。」接下來那個星期他們又見面的時候，愛莉絲以譴責的口吻對他這麼說。而艾德華覺得愛莉絲這幾句話很沒有同情心。所以他就對她提起（他說得很含糊、很晦澀，因為他羞於承認他心裡恐懼，也羞於承認他真正的顧忌），在學校裡有人拿這件事來作文章，窮凶惡極的女校長無緣無故地來糾擾他。他想要喚起愛莉絲的同情心，可是她卻對他說：

「我啊，我那女老闆腦筋很開通的。」然後她邊說邊笑地聊起她工作上的事。艾德華聽著她吱吱喳喳快活地說個不停，他的心情越來越沉鬱。

4

各位女士、先生，這幾個禮拜過得真是痛苦極了！艾德華想要愛莉絲想要得不得了。她的身體騷盪著他，然而這個身體卻又如此遙不可及。同樣的，他們約會的地點也一直讓他痛苦萬分：他們在黑暗的街道上溜達一兩個小時，或者是去看電影；這兩種方式（再沒有其他的方式）都很單調，而且性愛的可能性微乎其微，所以艾德華心裡想，如果他們能在不同的環境裡見面，也許他和愛莉絲會比較有實質的進展。

於是，他一臉老實樣地邀約她週末到鄉下他哥哥那裡，他哥哥在樹林茂密的山谷溪流邊有一間小別墅。他興奮地描繪著大自然淳樸無垢的魅力，可是愛莉絲（她在各方面一向都很天真，很容易相信別人）看穿他的意圖，嚴峻地拒絕了他。因為拒斥他的不只是愛莉絲一個人。愛莉絲的上帝，也化身為人——一個永遠都非常謹慎、非常有警覺性的人——來拒斥他。

這個上帝就從一個觀念裡獲得祂的實體（祂沒有其他的慾望，也沒有其他的主張）：嚴禁婚外性行為。所以，這可以說是個有點好笑的上帝，不過我們不要因為這樣就嘲笑愛莉絲。上帝曉諭摩西，在摩西所記載下來的十誡裡，整整有九誡不會讓愛莉絲的靈魂干犯誡命，因為愛莉絲一點也不想殺人、不想侮辱她父親、不想貪戀鄰人的配偶；唯一讓她覺得難以恪守的一條誡命，而且對她真的是一種最具挑戰性的誡命：就是有名的第七條，不可姦淫。為了表現、證明、履行她的信仰堅定，她就必須謹守這條誡命，她必須貫徹心志單單守住這一條。這樣她就能把一個含糊、朦朧、抽象的上帝，創造成一個十分明確、可以理解，而且具體的上帝：反對姦淫的上帝。

可是我請問你，從哪裡開始算起可以明確地算是姦淫？每個女人為自己劃定界限的時候，所依循的自有一套神秘的準則。愛莉絲很樂意讓艾德華吻她，而在經過他一次又一次地嘗試突破防線之後，她終於同意讓他撫摸她的胸部，可是，在她身體的中間部位，她劃了一條分界線，極力堅守，不容他越雷池一步，在這條線以下，是神聖的禁區，是摩西永遠不可能退讓的禁區，是招惹上帝大怒的禁區。

艾德華開始讀聖經，研究一些神學書籍；他決定用愛莉絲自己的武器來迎戰愛莉絲。

「親愛的愛莉絲，」他對她說：「一個愛上帝的人，百無禁忌，凡事都可行。我們對一樣東西有慾望，是出於上帝的恩典要我們對它有慾望。基督所希望的只有一件事，就是希望我們依循愛的引導。」

「是沒錯，」愛莉絲說：「但不是你所想的那種愛。」

「愛只有一種。」艾德華說。

「嗯，這種說法對你很適用，」愛莉絲說：「只是，上帝定下了一些誡命，我們必須順從。」

「是啊，那是舊約時代的上帝，」艾德華說：「而不是基督教徒的上帝。」

「咦，上帝只有一個啊。」愛莉絲反駁。

「沒錯，」艾德華說：「只是信奉舊約的猶太人他們對上帝的認知和我們的認知不完全一樣。在基督降臨之前，人們首先得遵行一套明確的律法，和神聖的誡命，一個人的內心如何並不是那麼重要。可是基督降臨了以後，祂認為所有的律法和律令都是外在的形式。在祂眼中，真正重要的是一個人的內心如何。從這個時候開始，一個人只要依循著他內在自發的虔敬、熱誠，他所做的一切就都是好的，而且也討上帝的喜悅。這就是保羅為什麼會說：對敬虔的人來說，凡物都是純潔的。凡事都可行。」

「前提是要敬虔。」愛莉絲說。

「而且聖奧斯丁也說，」艾德華接著又表示：「愛上帝，並做你所想做的事。妳懂這句話的意思嗎，愛莉絲？愛上帝，並做你所想做的事。」

「只是，你想做的事並不是我想做的事，」愛莉絲回答。這時候，艾德華明白這一次他的神學攻勢已經完全失敗了；所以他現在只好說：

「妳不愛我。」

「我愛，」愛莉絲明快扼要地回答：「所以我才不想要我們做出不應該做的事。」

就像我剛剛說的，這幾個禮拜過得真是痛苦。而如今這痛苦更加劇烈，因為艾德華對愛莉絲的慾望，不只是一個身體對另一個身體的慾望；相反的，這身體

Směšné Lásky

越要推開他，他就越悲傷、越憂愁、越想要這個年輕女孩的心。可是愛莉絲的身體和她的心對他的悲傷一點也不在乎，這兩者都一樣冷漠，一樣自我封閉起來，一樣自滿自足。

愛莉絲最讓艾德華氣不過的一點是，這種極度的冷靜自制。雖然他自己基本上也是個滿沉著的人，但他還是幻想採取一種激烈的行動，迫使愛莉絲失去冷靜。而要是以褻瀆上帝，和憤世嫉俗的激烈方式（他的天性會支使他這麼做）來招惹她，那又太冒險了，所以他選擇了另外一個極端（所以做起來也更加困難），和愛莉絲採取同樣的立場，可是他的態度要非常極端，好讓信仰不冷不熱的愛莉絲覺得羞愧。換句話說：艾德華表現得極端虔誠。每一次該上教堂的時候他都不會缺席（他對愛莉絲的慾望強過他害怕做禮拜的無聊），他在教堂裡表現得謙卑得過了頭。稍微有點理由他就跪下來，而愛莉絲則站在他旁邊禱告，劃十字，因為她怕跪下來會勾破絲襪。

有一天，他譴責她的信仰不冷不熱。他提醒她耶穌基督說過的話：「那些稱我為『主啊！主啊！』的人，不一定都能進天國。」他說她的信仰只是一種形式，是外在的、是不堪一擊的。他譴責她的生活太安逸。他譴責她對自己太過自滿。他譴責她只在乎她自己，而不注意她周遭的一切。

他在說這些話的時候（愛莉絲沒有想到他會出言相責，她只能疲弱無力地防衛），眼角忽然瞥見了耶穌受難的影像；一個銅製的老舊十字架，上面掛著一個生繡馬口鐵的耶穌基督像，就掛在街道正前方。他猛然把自己的手臂從愛莉絲的手臂裡抽出來，他停下腳步（以抗議她的冷漠，也表示他要發動新一波的攻擊），用一種很誇張的姿勢，挑釁的劃了個十字。可是他不是很清楚這姿勢在愛莉絲身上有什麼效果，因為，正在這個時候，他瞥見了學校的女管理員就在另一邊的人行道上。她看著他。艾德華知道他完了。

5

他的擔心果然有道理，兩天以後，女管理員在走道上把他攔下來，扯著大嗓門的對他說，明天中午他得到女校長辦公室去一趟：「我們必須跟你談一談，同志。」

艾德華心裡非常忐忑。晚上，他去和愛莉絲約會，跟平常一樣，他們還是在街上閒逛，可是他已經放棄了信仰的熱誠。他心情很沮喪，很想讓愛莉絲知道他遭遇的事，可是他沒有勇氣，因為他知道為了挽回他不喜歡（但是不可或缺）的工作，他必須毅然決然地背叛上帝。所以，他隻字不提這次被召見的悲慘景況，因此，他也就無法期待愛莉絲對他有什麼安慰的話語。第二天他來到女校長的辦公室，心情極端落寞。

辦公室裡有四個人等著審判他：女校長、女管理員、艾德華的一位同事（戴眼鏡的矮個子），以及另外一位他不認識的先生（頭髮已經花白），而其他人都叫這位先生督學同志。女校長請艾德華坐下，然後對他說，他們召他來參加這個友善的、非正式的談話，因為他們每位同志都對艾德華在校外的行為非常憂心。她一邊說，一邊看著督學，督學點點頭表示贊同；然後她又把眼光轉向那位戴眼鏡的老師，這位老師從剛剛就一直專心的看著她，而這時候他一和她目光相接，他便開始滔滔不絕地說起話來。他說，我們想要教育出身心健全而不帶任何偏見的年輕人，我們對這些年輕人負有完全的責任，因為我們（老師們）是他們的榜樣；這也就是為什麼我們不允許我們之間有人信仰上帝；他長篇大論地繞著這個話題打轉，最後他宣稱艾德華的行為是整個學校的恥辱。

幾分鐘以前，艾德華還認為自己會說他不相信上帝，會承認他上教堂、在公開場合劃十字架不過是鬧著玩的。可是現在，他真的面對這樣的情況時，卻發覺他完全沒辦法說實話；畢竟，他不能跟這四個一本正經、慷慨激昂的人說，他們這麼地慷慨激昂其實只是為了一件雞毛蒜皮的小蠢事，其實只是他們誤解了。他明白，要是跟他們這麼說，等於是在無意中嘲笑他們的一本正經；他明白，這些人並不期待他找藉口、找理由來推託，他們早就準備好嚴詞駁斥他。而且他明白（是突然明白過來的，因為他沒有時間思索），在這個時刻，對他最重要的是，讓事情真的就像是那樣子，這句話更正確的說法是，讓自己符合他們預設的想法；而如果他想要在某種程度上修正這個想法的話，他也得在某種程度上接受這個想法。

「同志們，我能老實說嗎？」他問。

「當然，」女校長說：「我們要你來就是要你實話實說。」

「你們不會跟我過不去吧？」

「該說什麼你就說吧。」女校長回答。

「呃，我坦白地對你們說，」艾德華說：「我真的相信上帝。」

他抬起眼睛看著這四位法官，發現他們好像全都鬆了一口氣；唯有女管理員對他叫嚷著：「在這個時代呀，同志？在我們這個時代呀？」

艾德華接著說：「我知道如果我說實話，你們一定會不高興。可是我不會說謊。請你們不要叫我對你們說謊。」

女校長（輕聲地）對他說：「沒有人要你說謊。你說實話是對的。可是我想要的是，請你跟我們解釋，像你這樣的年輕人怎麼會相信上帝！」

「在這個時代，人類都已經發射火箭，登上了月球。」那位老師神情傲慢，很激動的說。

「我沒辦法，」艾德華說：「我也不想相信上帝呢，真的。我沒辦法。」

「為什麼會這樣，既然你相信，怎麼又會說你不想信呢！」頭髮花白的那位先生也開口了（他的聲音非常的和藹）。

艾德華低聲重複著他的供詞：「我不想信，但我卻相信。」

那位戴眼鏡的老師笑著說：「可是這其中有矛盾！」

「同志，我都照實告訴你們了，」艾德華說：「我非常清楚，對上帝的信仰會使我們脫離現實。要是所有的人都相信世界全都在上帝的掌握之中，那要置社會主義於何地呢？大家什麼都不做，每個人都只信靠上帝。」

「說得沒錯。」女校長很同意。

「從來沒有人能證明上帝的存在。」戴眼鏡的老師表示。

艾德華接著說：「人類歷史和史前史之間的不同就在於，人類一手掌握了自己的命運，再也不需要上帝。」

「信仰上帝會使人相信宿命。」女校長說。

「對上帝的信仰是中世紀的餘孽。」艾德華說。接下來女校長又發了一番議論，然後是戴眼鏡的老師，然後是艾德華，然後是督學，每個人的見解都很和諧地相輔相成，以至於到最後，戴眼鏡的老師終於忍不住了，他打斷艾德華的話，說：

「既然這一切你都明白，為什麼你還會在街頭上劃十字呢？」

艾德華神色憂悒地看著他，說：「因為我相信上帝。」

「可是這其中有矛盾。」戴眼鏡的老師興高采烈地重複說了這句話。

「沒錯，」艾德華說：「在知識與信仰之間是有矛盾。我承認，對上帝的信仰會把我們導向蒙昧。我也承認，上帝不存在是會比較好的。可是，在這裡，在我的內心深處——」說這句話的時候，他用指頭指著自己的心窩——「我感覺到祂的存在，我又能怎麼辦呢？我懇求你們，同志們，能夠了解我的難處！我都照實告訴你們了。跟你們說實話還是比較好，我不想成為偽君子，我想要你們了解我實際上是個什麼樣的人。」他說完，就把頭低下去。

那位戴眼鏡的老師是個短視的人；他不知道，連最狂熱的革命分子也會認為暴力只是一種必要的惡，而革命之「善」在於再教育。他自己是在一夕之間改宗

Směšné Lásky

成為革命分子的，女校長一向不怎麼敬重他，而且他也沒有料到，艾德華在這一刻的價值高過他千百倍，因為艾德華現在正在接受法官的處置，他雖然難以擺平，卻是一個可以再教育的傢伙，可以讓人重新塑造。而因為這位戴眼鏡的老師沒有料到這個，所以在這個時候他就開始猛烈地攻訐艾德華，宣稱像他這樣的人，既然沒有辦法放棄中世紀的信仰，那麼就是屬於中世紀的人，在現代學校裡是沒有他們這種人的位置的。

女校長讓他把話說完，然後要他遵守會場的秩序，她說：「我不喜歡大家討論得失去了理智。這位同志非常地坦白，他都跟我們說了實話。我們也應該把他的誠實放在一起考量。」然後，她對艾德華說：「我們的同志說得很有道理，信仰上帝的人並不適合教育年輕人。所以，你說，對這件事你有什麼想法？」

「我不知道，同志，」艾德華神情悲傷的說。

「我覺得是這樣，」督學說：「新與舊的爭鬥不只發生在階級之間，也發生在每個人的內心裡。我們從這位同志身上看到的，就是這種爭鬥。他在理智上知道是這樣，可是他的感情卻把他往回拉。我們應該幫助這位同志，讓他的理智戰勝感情。」

女校長同意督學的說法。她接著說：「很好，我要親自來督導他。」

6

艾德華就這樣避開了即時的危險；他未來的教師生涯就完全操縱在女校長的手中，對於這一點他還頗滿意的：事實上他是想起了哥哥的話，他曾經說過，女校長一向偏愛年輕人，而以他不太穩定的年輕人的自信心（今天極端地自我膨脹，明天又極端地猶疑畏縮），他決定像個男人一樣的，以勝利者之姿贏得他女王的喜愛。

幾天以後，他按約定來到女校長的辦公室，說話時他的語調刻意裝得很瀟灑，而且也不忘把握機會，不時在談話中插入一句親密的對話，或是一句微妙的讚美，或是以含糊的言詞強調自己奇特的處境：他一個男人卻得任由一個女人擺布的處境。可是，對話時的語調卻由不得他自己作選擇。女校長跟他說話時態度很親切，可是卻顯得非常拘謹；她問他最近讀什麼書，然後她自己提到了幾本書的書名，推薦他去讀，因為她顯然想要進行一項長期的工程，想要改造他的思想。最後，她邀請他到她家去。

女校長拘謹的態度，壓制住了艾德華的自信心，他走進她家的時候，頭低低的，一點也沒有打算向她施展男性魅力。她請他坐在一張沙發上，很親切地和他說話；問他要不要喝點什麼：也許來杯咖啡？他說不要。那麼喝點酒？他很不好意思地說：「如果妳有白蘭地的話。」話一說出口，他立刻又擔心這樣是不是失禮了。可是女校長很溫和地回答：「沒有，我沒有白蘭地，我只有一點葡萄酒……」她拿出一瓶還剩一半的酒，剛好倒滿了兩個杯子。

然後她對艾德華說，別把她看成是審訊他的人；當然，每個人都有權利相信他相信是正確的事；當然（她立刻就補上這一句），這樣一個人適不適合教書，還是需要加以考察；所以，他們才覺得有必要請艾德華來，和他談一談（他們實在也很不想這麼做），結果，他們很滿意（至少，她自己和督學很滿意）他坦誠地跟他們說了他的想法，沒有試圖要否認什麼。她接著又說到，她和督學談他談了很久，他們決定六個月後另外再請他來談一次；而在此之前，女校長會以自己的力量來幫助他改善。她再次強調，她對他的幫助完全是「出於友善」，她不是審訊員，也不是警察。

她接著又提到當時非常猛烈攻訐他的那位戴眼鏡的老師，她說：「他那個人心懷不軌，他恨不得把別人都塞進醬缸裡。女管理員也到處去說你桀驁不馴，說你很頑固地堅持己見。她表示應該把你從學校開除，根本很難改變她的想法。當然，我不同意她的看法，可是，另一方面來說，我們還是得尊重她為什麼會這麼想。要是我的話，如果把我的孩子交給一位在街頭公然劃十字的老師，我也會很不高興。」

女校長就這麼地對艾德華陳明一切，她的話就像滔滔江水一樣，時而說她溫和的時候是多麼地吸引人，時而說她嚴厲的時候又多麼具有威脅性，接下來，為了表示他們這次見面真的是出於友誼，她便換了個話題：她談到了書，並且帶艾德華到她的書架前，很起勁地談起羅曼．羅蘭的《被蠱惑的靈魂》，她責怪他竟然沒看過這本書。

接著她又問起，他喜不喜歡他的教書生涯，他很客套地回答她的問話，然後她又興致勃勃地談了起來：說她很感激有幸從事這個職業，她非常喜歡她在學校的工作，因為在教育孩子的同時，她能夠具體地碰觸到未來，而且能碰觸到當下的每一刻；在我們生活周遭裡充滿了痛苦，終究唯有未來能證明所有經歷的痛苦都是值得的（「是啊，」他說：「的確是這樣。」）。「我總是認為，我是為了另外一個比我自己的生命更偉大的使命而活，如果我不這麼想的話，我可能活不下去。」

女校長說這些話的時候，突然顯得非常誠摯，艾德華搞不太清楚她是在告白

milan kundera

Směšné Lásky

她的心聲，或者是想要對生命的意義做一番意識形態的論戰；他寧願把這一席話看成具有個人意義，於是他以低沉的嗓音很審慎地問她：

「那妳自己本身的生活呢？」

「我的生活？」女校長重複他的話。

「是啊，妳的生活。妳不滿意妳的生活嗎？」

一抹苦笑浮現在女校長的臉上，艾德華看了幾乎要同情她。她那副醜樣子還滿觸動人的；黑色的頭髮圈著她瘦削狹長的臉，鼻子下面黑色的寒毛帶有一點鬍髭的效果。他忽然明瞭了她生命所有的悲愁；他看見她臉上的輪廓透露了她是個有極端強烈感情的人，同時，他也看見她醜陋的長相透露了這種強烈感情很難得到飽足；他想像她，在史達林去世的那一天，她懷抱著滿腔的熱情化身為悲痛的活雕像，她懷抱著滿腔的熱情參加千百種的聚會，懷抱著滿腔的熱情攻訐可憐的耶穌，他明瞭所有的這一切不過是一種愁悶的宣洩，因為她的慾望無法流瀉到它想望的地方。艾德華還年輕，他的同情心還沒有耗盡。他用諒解的眼神看著女校長。然而，她似乎對自己不由自主地陷入沉默感到不好意思，便刻意用活潑輕快的口吻說：

「不管怎樣，問題不在這裡，艾德華。我們並不只是為自己而活，我們總是為了某個目的而活。」她深深地凝視著他的眼睛，接著說：「不過，問題在於是為了什麼目的。是為了某種真實的東西，或是為了某種虛構的東西。上帝，是很美麗的一個理念。可是人類的未來，艾德華，是實在真實的。我就是為了這個真實而活，為了這個真實犧牲自我。」

她說這幾句話的時候，還是用那種帶有堅定信念的語調，她的談話總是不斷的激起艾德華一會兒之前就感受到的那股強烈同情心；他覺得自己很愚蠢，竟然厚著臉皮對一個同病相憐的人說謊，他心裡想，在這轉趨親密的談話中，他終於有機會放棄他可恥（而且滿難偽裝）的欺騙行為。

「可是我完全同意妳所說的，」他急忙想使她安心：「我也是，我喜歡真實。可是妳知道嗎，我們不必如此嚴肅地看待我虔誠的信仰！」

然而他立刻就發現，永遠別被突如其來的感情衝動牽著鼻子走。女校長非常訝異地看著他，用滿冷淡的語氣對他說：「好啦，別再開玩笑了。我喜歡你，是因為你很坦誠。現在，你卻要裝作一個不是你的你。」

不，現在已經不允許艾德華脫除之前就穿上了的宗教外衣；他很快就妥協了，並且努力地抹去剛剛所造成的壞印象：「不是的，我一點也不想為我自己開脫。當然，我相信上帝，我永遠也不會否認這一點。我想說的只是，我一樣也相信人類的未來、相信進步等等這一切。要是我不相信的話，我教書這個工作又有什麼用呢？孩子誕生在這個世界又有什麼用呢？我們的生命又有什麼意義呢？而且，我認為上帝的旨意也是要社會更好、更有進步。我認為一個人可以相信上帝，同時也相信共產主義，這兩件事情是可以互相調和的。」

「不，」女校長擺出一副母性的權威，她說：「這兩件事情是不能互相調和的。」

「我知道，」艾德華幽幽地說：「可是我也拿自己沒辦法。」

「我不怪你。你還年輕，對自己所相信的仍然固執己見。沒有人像我這麼了解你。我自己也是，我也像你一樣年輕過。我很清楚年輕是什麼樣子。我喜歡你，正是因為你年輕。我對你非常有好感。」

這事終於發生了。不早也不遲，就是現在，來得正是時候。（正是時候，我們也都看見了，這並不是艾德華刻意選的，而是時機湊巧助了艾德華一臂之力。）當女校長說到她對他有好感的時候，他用不是很有感情的聲調說：

「我也是，對妳很有好感。」

「真的嗎？」

「真的。」

「唉，別哄我了！像我這樣的老女人。」女校長回說。

艾德華只能說：「妳這麼說就錯了。」

「是真的啊。」女校長說。

艾德華必須非常熱情帶勁地回答：「妳一點也不老。別說傻話了。」

「你真的這麼認為？」

「當然囉，妳讓我覺得很愉快。」

「別說謊。你知道你不能說謊話。」

「我沒說謊。妳很漂亮。」

「漂亮？」女校長撇了一下嘴角，一副很不相信的樣子。

「是啊，漂亮，」艾德華說。因為他擔心這句說得那麼肯定的話太像是假話了，所以他急忙找論據來支撐：「像妳這種棕色的頭髮，最讓我著迷。」

「你喜歡棕髮的女人？」女校長問他。

「愛死了。」艾德華說。

「那為什麼你到學校以後都沒有來找我？我以前覺得你是有意躲著我？」

「我躊躇了很久，」艾德華說：「我擔心別人說我拍妳的馬屁。沒有人會認為我來找妳，只是因為我喜歡妳。」

Směšné Lásky

「你現在沒有什麼好怕的了，」女校長說：「現在，已經做這樣的『裁決』了，我們得常常碰面。」

她眼中那大大的棕色虹膜凝視著他的眼睛（我們得承認她眼睛那虹膜滿美的），而且，當他告辭的時候，她輕輕撫摸著他的手，害得這個糊塗蛋離開她時，心中還暈陶陶地陶醉在勝利中。

7

艾德華相信這個棘手的問題現在反而對他有利。接下來的那個星期日，他又肆無忌憚地大刺刺陪著愛莉絲上教堂；更棒的是，他又因此找回了自信心，因為（雖然在我們看來，這個想法不值一哂）他去拜訪了女校長以後，證明了他確實具有男性魅力。

除此之外，這個星期日上教堂的時候，他發現愛莉絲變了：他們一在一起，她就挽著他的手臂，一直不放開，甚至到了教堂裡也一樣；平常，她都表現得很含蓄、很保守，可是這一天，她卻左顧右盼、東張西望，向十來個朋友以及一些認識的人，頷首微笑。

這種情況很奇怪，艾德華完全不明白其中緣故。

過了兩天以後，他們一起在黑暗的街道上散步，艾德華非常訝異地發現愛莉絲的吻有了很大的不同，通常她的吻是乾澀乏味的，現在卻突然變得溼潤、溫暖、熱情。當他帶著她停下腳步，靠在一盞街燈下時，他看見她兩隻眼睛深情款款地凝視著他。

「我想要告訴你，我愛你。」愛莉絲突然脫口而出對他這麼說。而且她立刻封住了他的口，說：「不要，不要，什麼都別說。我自己覺得很丟臉。我什麼都不想聽到。」

他們又走了幾步，然後又停下腳步，愛莉絲說：「現在，我一切都明白了。我明白你為什麼會罵我的信仰不冷不熱。」

可是艾德華不懂她為什麼會這麼說，這時候他寧願閉嘴；他們又走了幾步路，愛莉絲說：「你卻什麼都沒跟我說。為什麼你都沒跟我說？」

「到底妳要我跟妳說什麼？」艾德華問。

「嗯，你這個人就是這樣子，」她喜不自勝地說：「要是換了別人早就在那邊自吹自擂了，可是你啊，竟然一句話也不吭。不過，我就是喜歡你這一點。」

艾德華開始明白她在說什麼了，可是他照樣問：「妳在說什麼呀？」

「說發生在你身上的事。」

「妳怎麼會知道這件事呢？」

「你看你！所有的人都知道這件事啊。他們把你找去，他們威脅你，而你還是當面嘲笑他們。你沒有背棄自己的信仰。每個人都很稱讚你。」

「可是這件事我又沒有跟別人說過。」

「別傻了。像這種事情啊，是會傳開的。畢竟，這不是一件小事。你以為，目前社會上還有這麼有勇氣的人嗎？」

艾德華知道，在一個小城裡，一件很小的事情很快就會轉變為傳奇，可是他完全沒想到，他自己這件可笑的奇遇——他從來不覺得它有什麼了不得的——竟然也會成為傳奇；他自己還不是很清楚地領會到他對他的同胞是多麼地有用處。大家都知道，他的同胞喜歡殉道者，因為殉道者認可他們這一群沒有行動力的安逸的人，向這群人顯示了生命只能二選一：不是命喪劊子手刀下，就是屈從。大家都相信艾德華會命喪刀下，每一個人都心滿意足的帶著讚賞的心情散播這個消息，所以，現在艾德華經由愛莉絲的口，面對著自己殉道受難的絕美景象。他的反應很冷淡，他說：「當然，我不會背棄自己的信仰。可是這種事很自然，沒什麼大不了的。不管是誰都會這麼做。」

「不管是誰？」愛莉絲叫出聲來。「看看你周遭的人他們的行為！他們都是懦夫！他們甚至會不認自己的媽媽！」

艾德華不發一語，愛莉絲也閉口不言。他們手牽著手，走著。不一會兒，愛莉絲聲音低低地說：「我願意為你做任何事情。」

以前從來沒有人對艾德華說過這樣一句話；這一句話，是上天的賞賜。當然，艾德華心裡也明白他不配得這個賞賜，可是他心裡想，既然命運拒絕賞賜給他配得的，那麼他就有權利接受他不配得的。他說：

「別人都幫不了我的忙了。」

「怎麼啦？」愛莉絲輕聲問。

「他們要把我趕出學校，那些說我是英雄的人，他們根本連一根指頭也不會伸出來幫我。現在我只確定一件事，就是：到頭來，我終究會孤零零一個人。」他說。

「不會的。」愛莉絲搖著頭說。

「會。」艾德華說。

「不會的。」愛莉絲又說了一遍，這一次差點用喊的。

「所有的人都會拋棄我。」

milan kundera

「我永遠不會拋棄你。」愛莉絲說。

「到最後妳還是會拋棄我的。」艾德華悲傷的說。

「我這輩子永遠不會這麼做。」愛莉絲說。

「不，愛莉絲，」艾德華說：「妳不愛我的。妳從來就沒有愛過我。」

「你亂講，」愛莉絲壓低了嗓子說。艾德華很高興發現她的眼眶溼潤。

「不，愛莉絲，這種事情是可以感覺得到的。妳一向對我都非常冷淡。如果一個女人愛一個男人，是不會這樣表現的。我很清楚。現在，妳非常地同情我，因為妳知道別人想要把我打倒。可是妳不愛我的，我不要妳把這個錯誤的想法放在妳腦子裡。」

他們一直往前走，手牽著手，彼此都不說話。愛莉絲靜靜地啜泣著，可是突然她停下腳步，一邊啜泣，一邊說：「不，這不是真的。你沒有權利這麼說。這不是真的。」

「是真的。」艾德華說。因為愛莉絲還不斷地哭泣，所以他提議下個週末到鄉下去玩。到一個可愛的山谷溪流邊，他哥哥在那裡有一間小別墅，他們可以單獨相處。

愛莉絲臉上滿是淚痕，默默地點了點頭。

8

那一天是星期二，到禮拜四的時候，艾德華又被邀請到女校長家去，這一次來，他心裡樂觀自信，因為他確信自己的魅力絕對能把上教堂這件事化為小小的一陣雲煙。可是人生常常都是這個樣子：我們自以為扮演的是某一齣戲裡的某一個角色，卻沒想到有人偷偷地換了背景，我們根本沒料到自己會在另一齣戲裡演出。

他坐在同一張沙發中，面對著女校長；在他們中間有一張小小的矮桌子，桌上放著一瓶白蘭地，以及兩只酒杯，分別放在兩人的面前。這瓶白蘭地像是一個新的背景，一個敏銳、冷靜的男人立刻就能從中看出，教堂事件已經不再成問題了。

可是，天真的艾德華太過自我陶醉了，所以一開始他一點也沒有意會過來。他心情愉快地和她聊了幾句開場的場面話（講一些很模糊、很一般性的話題），喝乾了她倒給他的酒。經過了半個小時，或一個小時以後，女校長在不知不覺中把話題轉向比較個人的事情上。她開始談起她自己，談得滿久的，她想要藉由這

milan kundera

Směšné Lásky

一番話在艾德華面前塑造出一個她期望的形象：一個很理智的中年女人，日子過得不是很快樂，可是很有尊嚴地認命過生活，一個沒有什麼遺憾的女人，甚至滿慶幸自己沒有結過婚，因為，要不然，她大概就不能充分享受獨立自主的滋味，也不能體會住在美麗小公寓裡有自己的隱私是何等的滿足，她在自己的公寓裡很愜意，她希望艾德華在這裡不會覺得無趣。

「不會，」艾德華說：「我在這裡很舒服。」他說這句話的時候，喉嚨哽住了，因為驀然間他覺得很不自在。那瓶白蘭地（他第一次來的時候曾經冒失地要求白蘭地，而現在它就帶著點恐嚇地急匆匆出現在桌子上），公寓裡的四堵牆（牆面框出來的空間越來越狹窄，越來越封閉），女校長單調的聲調（所講的話題越來越個人），她的眼神（虎視眈眈地盯著他看），這一切都讓他一點一點了解到「全盤的布局改變了」；他了解到他現在所處的情況是，以後無可避免地會照現在這樣的處境繼續發展下去；他很清楚地意識到，危害到他教書生涯的，不是女校長對他的嫌惡，相反的，是他對唇上長著寒毛的瘦削女人生理上的嫌惡，而這個女人正在勸他喝酒。一想到這些景況，他不禁喉頭一緊。

他順從了女校長，乾了他那一杯，可是，現在，他太焦慮了，連酒精都對他起不了任何作用。在另一方面，女校長在幾杯酒下肚之後，便完全拋掉了她平時的拘謹，她說話也變得慷慨激昂了起來，語氣裡幾乎帶著威脅：「你有樣東西我很羨慕，」她說：「就是你的年輕。你還不會懂什麼叫作失望、幻滅。你看這個世界還充滿了希望與美麗的色彩。」

她隔著矮桌子傾身向前，她的臉俯看著艾德華的臉，在陰鬱的沉默中（帶著僵住了的微笑），她用大得可怕的眼睛盯著他看。而他，這個時候心裡在想，要是他不想辦法稍微喝醉，今天晚上到最後他就會敗得很慘；他又倒了一點白蘭地，迅速地喝了一大口。

女校長接著說：「可是我也想用這樣的色彩來看這個世界，和你同樣的那種色彩！」然後，她從沙發上站起來，挺起胸膛，說：「你真的對我有好感嗎？真的嗎？」她繞著桌子轉了一圈，抓著艾德華的衣袖說：「真的嗎？」

「真的。」艾德華說。

「來吧，我們來跳舞。」她說。她放開了艾德華的手，奔到收音機那裡，扭著選台鈕，直找到適合跳舞的音樂。然後，她直直立在艾德華面前，臉上帶著微笑。

艾德華站了起來，扶著女校長，隨著音樂的節奏帶著她在房間裡滿場跳舞。女校長輕輕地把她的頭依偎在他的肩膀上，然後突然抬起來，注視著艾德華的眼晴，然後她又隨著音樂的旋律輕聲哼唱。

艾德華覺得很不自在，好幾次停下舞步去喝口酒。他一心只想要結束這個可怕的、沒完沒了的踱步，可是同時，他也很怕結束，因為結束後隨之而來的會更加可怕。所以，他繼續領著這位哼著歌的女士在狹小的房間裡滿場跳舞，同時他也一面（很焦慮、很沒有耐心地）觀察著酒精的效力發揮了多少。當他終於覺得白蘭地讓他有點暈眩的時候，他一隻手緊緊地攬著女校長的身體，另一隻手則放在她的胸部。

是的，這天晚上一開始他一想到會有這件事情就怕，可是他剛剛還是做了這個動作。我不知道他為什麼要一直避免做這件事，但是如果說他終究還是做了，那麼請相信我，那是因為他真的到了「不得不」做的時候。這天晚上一開始，情況就已經把他引入了歧途，根本不可能避免最後這樣的結果；也許這個過程可以延緩，可是要阻止它發生是不可能的，所以，艾德華把手放在女校長的胸部，不過是屈服於必然無可避免的律令。

可是他這個動作的結果遠超過預期。女校長好像被仙女棒點了一下，開始在他的懷中扭動起來，然後她把自己上唇有寒毛的嘴壓在他的嘴上。接下來，她把他推到臥榻上，用狂野的姿勢，粗聲的喘氣，咬著他的嘴唇和舌尖，讓艾德華覺得好痛。之後，她從他的懷裡滑出來，對他說：「等一下！」然後跑到浴室去。

艾德華舔了一下自己的指頭，發現他的舌頭微微滲出血。她咬得他很痛，害得他苦心營造出來的暈眩感消失了，他一想到待會兒要發生的那件事，便又覺得喉頭發緊。浴室裡傳來一陣水聲。他拿起那瓶白蘭地，湊近嘴邊，咕嚕灌進一大口酒。

這時候，女校長已經出現在房門口，穿著一件透明的睡衣（胸前有花邊裝飾），她慢慢走向艾德華。她把他抱在懷裡，然後她推開他，用譴責的口氣說：「你為什麼還穿著衣服？」

艾德華一邊看著女校長（她的大眼睛也盯著他看），一邊脫掉自己的上衣，他這時候只想到一件事，他的身體很可能破壞了他以意志力在堅持的事。這就是為什麼他焦急的驅策著自己的慾望，而會用不太有把握的聲音說：「把妳身上的衣服脫光。」

她非常樂於從命，趕緊加快了動作，脫掉睡衣，露出她白皙、細弱的身體，那叢濃密的黑毛清楚顯露了出來。她慢慢地走向他，驚惶不已的艾德華了解到他早就已經知道的事：他的身體完全因為焦慮而麻痺。

各位先生，我知道這麼多年下來，你們早就習慣了你們的身體偶爾會不聽使

milan kundera

噢，這種事根本不會再困擾你們。可是，你們要知道，艾德華在這時候還很年輕！他身體上的窒礙每次都立刻讓他驚慌失措，他把這個看作是無可救藥的惡疾，無論當時和他在一起的是一張可愛的臉孔，或是一張像女校長這樣醜陋、滑稽的臉孔。現在，女校長離他只有一步遠，而他，受到了驚嚇，不知該如何是好，突然，他沒來由地迸出了一句話（這應該是不期然的直接反應，而不是刻意想好的說詞）：「不要，不要，我的天哪，不要！這是罪，這會是罪！」他猛一下地跳開來。

女校長走到他身邊，咕咕噥噥地問：「怎麼會是罪？這沒有罪的！」

艾德華躲到他們剛剛坐的那張桌子後面，說：「不要。我沒有權利這麼做，我沒有權利這麼做。」

女校長把擋路的沙發推開，繼續朝著艾德華走過來，她黑色的大眼睛一直盯著他：「這沒有罪的！這沒有罪的！」

艾德華繞著桌子躲開，在他後面就只有一張臥榻了；女校長已經就在他旁邊。他逃不了了，在沒有退路的情況下，可能是極端絕望之情迫使他對女校長下命令：「跪下！」

她莫名其妙地看著他，可是當他以絕望而堅定的語氣又說了一次「跪下」

時，她就熱切地在他的面前跪了下來，抱著他的大腿。

「放開我！」他說：「雙手合掌！」

她又莫名其妙地看著他。

「雙手合掌！妳聽到了沒？」

她雙手合掌。

「禱告！」他對她下命令。

她雙手合掌，抬起熱切地眼睛看著他。

「禱告！懇求上帝赦免我們！」他叫著說。

她雙手合掌，用她的大眼睛看著他，而艾德華不但爭取到了一點時間，而且現在，他這個低頭俯視她的姿勢，使他原來那種覺得自己是個獵物的可怕感覺消失殆盡，也使他重拾了信心。他往後退一步，好看到她整個人，然後又下令，說：「禱告！」

她還是默然不發一語，於是他對她喊著：「大聲禱告！」

真的，這個跪在地上，瘦羸、赤裸的女人，開始背誦：「我們在天上的父，願人都尊祢為聖，願祢的國降臨……」

她一邊念著這些禱告詞，一邊抬起眼睛看著艾德華，好像他就是上帝一樣。

milan kundera

他注視著她，心情越來越愉快：她就在他面前，女校長跪著接受她一位屬下的羞辱；她就在他面前，光著身子的革命分子接受禱告的羞辱；她就在他面前，一位禱告的女人接受她裸體的羞辱。

這三重受到羞辱的影像讓他陶陶然，沒想到這時候發生了一件事：他的身體不再被動地抗拒了；艾德華勃起了！

女校長正說到：「不叫我們遇見試探」時，他急匆匆地脫掉所有的衣服。而當她說「阿門」時，他很粗暴地把她扶起來，拖著她到臥榻上去。

9

嗯，那天是星期四，而到了星期六，艾德華帶愛莉絲到鄉下他哥哥家去。他哥哥很親切地招待他們，把他別墅的鑰匙借給艾德華。

這一對戀人一起出去散步，整個下午都徜徉在森林裡、在原野間。他們接吻，而且艾德華的手也滿意地發現那條和肚臍同高，把純潔和私通劃分開來的界線，再也沒那麼了不得了。他一開始想用口頭來證實這個他期待已久的現象是不是真的，可是他猶豫了一下，也明瞭自己最好保持沉默。

他想得一點也沒錯：愛莉絲會突然有這個大轉變，和艾德華這幾個禮拜以來努力的說服沒有關係，也和艾德華「合乎理性的」論據沒有關係。相反的，這完全建基在艾德華殉道的那個傳聞上，也就是說建基在一個「錯誤」上，甚至在這個錯誤，和愛莉絲從這個錯誤演繹出來的結論之間，也沒有任何「邏輯」可言。因為，讓我們來想一想：艾德華忠於自己的信仰以致成為殉道者的這件事，為什麼會促使愛莉絲違逆神聖的律法？因為艾德華拒絕在審訊他的人面前背棄上帝，所以愛莉絲就得在艾德華面前背棄上帝嗎？

在這樣的情況下，只要稍微大聲地把這個想法透露出來，就很可能讓愛莉絲發現她自己的態度前後矛盾。所以，艾德華最好是保持沉默，不過愛莉絲只顧著自己說話，根本沒注意到他靜默不言。她顯得非常高興，一點也看不出來她靈魂裡的這個大轉變非常具有戲劇性，或是讓她非常地痛苦。

天黑了以後，他們回到小別墅裡，點亮燈，掀開床罩，彼此親吻著，這時候愛莉絲要艾德華把燈關掉。可是關了燈以後，窗外還是透進微明的夜色，艾德華又在愛莉絲的請求下，關上了窗扉。愛莉絲在完全黑暗裡脫下衣服，把自己獻給了他。

他等這一刻等好幾個禮拜了，但奇怪的是，這一刻終於來臨的時候，卻沒有

milan kundera

像他期待已久的那麼了不起；相反的，做愛這件事似乎來得非常容易、非常自然，以至於艾德華幾乎沒辦法集中精神做，徒然浪費力氣地去驅趕那些閃過他腦海裡的想法：他想著，這漫長而無用的幾個禮拜，愛莉絲一直以冷淡的態度折磨他，他想著，她為他招惹來了學校這些煩人的事，一想到這些，他不但沒有感激她獻身給他，反而有一股怨恨的報復之心。他很氣她，竟然就這麼輕易地、沒有一點愧疚地背棄了不准姦淫的上帝，而她以前是那麼狂熱地信仰著；他很氣她，沒有什麼慾望、沒有什麼事件、沒有什麼煩惱能擾亂她的寧靜心靈；他很氣她，經歷這一切的時候不會有什麼內在衝突，很有自信、也很自在。而當他快氣不過的時候，他就竭力粗暴、狂烈地和她做愛，迫使她喊叫出聲，迫使她呻吟、言語、哀嘆，可是他沒有成功。女孩還是安靜無聲，儘管艾德華使勁氣力，他們的親密行為還是很有節制地做完，安安靜靜地做完。

然後，她依偎在他的胸膛，很快地入睡，而艾德華還是一直醒著，他發覺自己一點也沒有興奮的感覺。他試著想像愛莉絲的樣子（不是她的外表，而是——如果可能的話——她這個人的本質），在一剎那間，卻發現他只看到她「模糊的」影像。

我們先停下來看一下「模糊的」這個字眼：愛莉絲，到目前為止，她在他眼中看起來儘管天真，卻也是個堅定的人，有很清晰的輪廓：她的外表純真美麗，似乎反應了她的信仰單純本真，而且她單純的人生遭遇似乎是她態度如此單純的原因。到目前為止，艾德華都把她看作是一個內在非常穩定、和諧的人：他嘲笑她也沒用、咒罵她也沒用、用謊言哄騙她也沒用，他（不由自主地）實在只能尊敬她。

可是，那項錯誤的傳聞造成了一個陷阱（他事先沒有想到會有這樣的陷阱），破壞了她這個人的和諧性。艾德華心裡想，愛莉絲對信仰的一些想法事實上只是「鑲嵌」在她人生遭遇之外的一個東西，而她的人生遭遇只是鑲嵌在她身體之外的一個東西，而他只從她身上看到一個身體、一些想法，和一種人生遭遇的偶發聚合，一種無機的聚合，非常的隨機，而且不穩定。他想像著愛莉絲的樣子（她現在正靠在他的肩窩上深深地呼息），他看見她的身體在一邊，她的想法在另外一邊，她的身體他喜歡，她的想法他覺得荒謬可笑，這個身體和這個想法並不構成一個整體；他把她看作是一條在吸墨水紙上擴散開來的線：沒有輪廓、沒有形狀。

的確，他真的喜歡這個身體。第二天早上愛莉絲醒過來的時候，他強迫她繼續裸著身子，而她，昨天晚上還堅持要關上窗戶的（因為黯淡的星光讓她很不好意思），現在卻完全忘記了自己的羞怯。艾德華仔細地打量她（她很快樂地跑來跑去，找來了一包茶和幾塊餅乾當早餐），不多久她發現他看起來很憂愁。她問他怎麼回事。他回答她，吃過早餐以後，他得去看他哥哥。

他哥哥問他在學校的情況如何，艾德華說一切都還不錯；他哥哥又對他說：「那個齊恰科娃是隻豬，可是我很早以前就原諒她了。我原諒她是因為她當時不知道自己在做什麼。她想要對我造成傷害，但就是因為她，我現在才過得這麼快活。我當農人可以賺得更多，和大自然接觸，也使我免於像城裡的人一樣，痛苦的成為懷疑論者。」

「我也是，這個老女人也帶給我好運。」艾德華若有所思地說，而且他把他愛上愛莉絲的事告訴哥哥，說他假裝相信上帝，被召去讓幾個人審訊，這位齊恰科娃對他進行再教育，而且後來愛莉絲把他當作殉道者，終於獻身給他。可是有一件事他沒有完整陳述，那就是他強迫女校長背誦「主禱文」，因為他看到哥哥流露出譴責的眼神。他住了口，而他哥哥對他說：

「我也許有很多缺點，可是有一個缺點我確定沒有。我從來不假裝，我一向都是當著別人的面說我心裡真正的想法。」

艾德華很愛他哥哥，他的譴責傷了他的心。他想要為自己辯護，於是他們開始辯論起來。最後，艾德華說：

「我知道你一向是個直爽的人，你自己對這一點很驕傲。可是，請你想想這個問題：『為什麼』要說實話？是什麼強迫我們這麼做？為什麼必須把誠實看作是一種美德？假設你遇到一個瘋子，他說他自己是魚，我們每一個人也都是魚。你會和他爭論嗎？你會在他面前脫掉衣服，好讓他看看你沒有魚鱗嗎？你會當他的面對他說你心裡真正想的嗎？你說嘛！」

他的哥哥沉默以對，艾德華繼續說：「要是你對他說實話，把你對他真正的想法告訴他，這意思就是說，你同意和一個瘋子進行嚴肅的對話，你同意你自己也是個瘋子。我們所處的這個世界正是這個樣子。如果你執意要當一個人的面說實話，這就表示你嚴肅的看待他。嚴肅地看待一件根本不嚴肅的事，意味著自己也要喪失自己的嚴肅。我啊，我為了不要嚴肅看待瘋子，不要自己也變成瘋子，就『必須』說謊。」

10

星期日過去了，這對戀人踏上歸途；他們兩個人是這節車廂唯一的乘客（女孩又高興地吱吱喳喳說著話），艾德華想起了一件事，不久以前，他本來很高興地想要在愛莉絲這種「隨機地偶發聚合」的人身上找到一種生活的嚴肅性，這種生活的嚴肅性是他各種的人生義務一直無法提供給他的；而現在他很難過地發現（火車車輪摩擦著鐵軌接縫的地方，發出有如牧歌般淳樸的聲響）他剛剛和愛莉絲一起經歷的香豔情愛其實根本算不了什麼，不過是巧合和錯誤造成的，不具任何意義，不具任何嚴肅性。他聽著愛莉絲說話，看著她的姿勢（她快速地揮動著她的手），他心裡想，這些都是沒有意義的徵象，是沒有擔保的銀行支票，是紙做的秤陀，他無法賦予它什麼意義，就像上帝無法賦予裸體女校長的禱告有什麼意義一樣。他突然對自己說，他在這個小城裡遇到的所有的人，事實上都只是一條在吸墨水紙上擴散開來的線，是彼此的態度可以互換的個體，是沒有堅固實體的受造物；可是糟糕的是，更加糟糕的情況是（接著他自己心裡這麼想），他只是這些陰影似的人中間的一個陰影，因為他絞盡腦汁，唯一的目的只是為了融入他們、模仿他們，儘管他是一邊心裡暗笑，不把它當回事地模仿他們，儘管他拚命在暗中嘲諷這件事（而且一邊為自己努力地想要融入他們辯護），情況還是不會有改變。因為模仿，就算是惡意的模仿，再怎麼說也還是模仿，一個冷笑的陰影，再怎麼樣也還是陰影，一個次等的、衍生的、可憐的東西。

這真是丟臉，真是非常的丟臉。火車車輪摩擦著鐵軌接縫的地方，發出有如牧歌般淳樸的聲響（女孩吱吱喳喳的說著話），艾德華說：

「愛莉絲，妳快樂嗎？」

「很快樂。」愛莉絲說。

「可是我覺得很痛苦。」艾德華說。

「你有毛病啊？」愛莉絲說。

「我們不應該做那件事的。不應該做的。」

「你怎麼搞的啊？是你自己要的！」

「沒錯，是我自己要的，」艾德華說：「可是這是我所犯最大的錯誤，上帝不會赦免我的。這是罪，愛莉絲。」

「我拜託你，你是怎麼回事呀？」女孩平靜地說：「你自己不是一直說，上帝要我們依循愛的引導，最重要的首先就是愛！」

艾德華發現，他不久之前在一場艱困的戰役中援用的神學詭辯，現在卻被愛莉絲引用在這裡，他不禁面有怒色地說：「我以前告訴妳這句話是為了考驗妳。現在我已經知道妳是怎麼樣地忠於上帝！可是一個會背棄上帝的人，他要背棄一個人更是容易一百倍！」

milan kundera

愛莉絲總是能套用現成的答案來回答他，但要是她沒套用到這些現成的答案，對她可能比較好，因為這些回答只是更加激起艾德華仇視她的怒氣。艾德華說了好久、好多的話（他使用「噁心」、「生理上很反感」這樣的字眼），到最後說得讓她平靜、溫柔的臉（終於！）啜泣、流淚、嗚咽。

「再見！」他在車站跟她這麼說，拋下了流著眼淚的她。他回到家，過了幾個小時以後，他這股莫名其妙的怒氣才終於平息下來，他才了解到他剛剛做了那些事以後的後果：他還清楚地看見她的身體今天早上還赤裸裸地在他面前跳來跳去，他心裡想，自己竟然心甘情願地趕走這個美麗的身體，他覺得自己真是個白癡，真想摑自己一巴掌。

可是，事情做都做了，沒有辦法挽回了。

不過為了忠於事實，我必須補充一點，就是：艾德華想到被他趕走的那個美麗身體，雖然覺得有點難過，但是他很快就接受了這個失敗。他剛剛到這個小城來的時候，曾經因為沒有性愛而覺得十分痛苦，不過這種匱乏只是暫時的。艾德華不再被這種匱乏所苦。他每個禮拜去看女校長一次（習慣了以後，他的身體就不再像剛開始時那麼焦慮），而且他決定定期到她家去，一直到他學校的事完全明朗以後。而且，他勾引各式各樣的女人和女孩越來越成功。這使得他越來越珍惜自己一個人的時光，他喜歡自己一個人散步，有時候他也會趁機自己一個人到教堂轉轉（麻煩你再一次稍微把注意力放在這件事情上）。

不，不要害怕，艾德華並沒有就此有信仰。我不會讓我這個故事公然地不合常情。可是，雖然艾德華根本不太相信上帝的存在，他還是很樂意帶著懷念之情想到上帝。

上帝是本質的所在，然而艾德華（他和愛莉絲、女校長之間的豔史已經是很多年以前的事了）卻從來不曾在他的愛情、在他的職業、在他的思想中發現本質的所在。他太老實了，不會承認他在非本質的事物上發現本質的所在，可是他又太柔弱了，無法不偷偷渴望本質的所在。

啊，諸位先生、女士，一個人要是不能嚴肅地看待任何事，或是任何人，那麼他的人生就會過得很可悲！

這也就是為什麼艾德華感覺到他對上帝有渴望，因為唯有上帝可以免去「顯現」的義務，祂只要「存在」就夠了；因為唯有祂（唯有祂，是獨一無二的，而且是非存在的）是和這個非本質、但存在的世界形成對比，是個本質的所在。

所以，艾德華有時候會坐在教堂裡，眼神迷濛地看著圓形拱頂。在這樣的時候，我們就別去打擾他了：日午將盡，教堂裡寂靜、空無一人，艾德華坐在木頭

milan kundera

椅凳上，他想到上帝不存在，心裡就難過。可是在這一刻，他心裡是如此的悲痛，以至於突然看見了上帝那張真實而「有生命」的臉從他內心深處浮現出來。看哪！這是真的！艾德華正在微笑，而且是快樂地微笑著……

請你把他這個影像留存在你的記憶裡：他帶著微笑的影像。

（一九五九到一九六八年間，寫於波西米亞）

國家圖書館出版品預行編目資料

可笑的愛 / 米蘭・昆德拉(Milan Kundera)著; 邱瑞鑾 譯. -- 三版. -- 臺北市：皇冠, 2018.12
面； 公分. --（皇冠叢書；第4729種）（米蘭・昆德拉全集；2）
譯自：Směšné Lásky
ISBN 978-957-33-3412-5（平裝）

882.457　　107019293

皇冠叢書第4729種
米蘭・昆德拉全集 2

可笑的愛

Směšné Lásky

SMĚŠNÉ LÁSKY
Copyright © 1968, 1994, Milan Kundera
This edition arranged with The Wylie Agency (UK) LTD
Complex Chinese edition copyright © 1999 by Crown Publishing Company, Ltd.
All Rights Reserved.

All adaptations of the Work for film, theatre, television and radio are strictly prohibited.

作　　者—米蘭・昆德拉
譯　　者—邱瑞鑾
發 行 人—平　雲
出版發行—皇冠文化出版有限公司
台北市敦化北路120巷50號
電話◎02-27168888
郵撥帳號◎15261516號
皇冠出版社(香港)有限公司
香港銅鑼灣道180號百樂商業中心
19字樓1903室
電話◎2529-1778　傳真◎2527-0904
總 編 輯—許婷婷
責任編輯—蔡維鋼
美術設計—王瓊瑤
著作完成日期—1968年
三版一刷日期—2018年12月
三版二刷日期—2023年07月
法律顧問—王惠光律師
有著作權・翻印必究
如有破損或裝訂錯誤，請寄回本社更換
讀者服務傳真專線◎02-27150507
電腦編號◎044097
ISBN◎978-957-33-3412-5
Printed in Taiwan
本書定價◎新台幣350元/港幣117元

•皇冠讀樂網：www.crown.com.tw
•皇冠Facebook：www.facebook.com/crownbook
•皇冠Instagram：www.instagram.com/crownbook1954
•皇冠蝦皮商城：shopee.tw/crown_tw